聖剣学院の
魔剣使い
Demon's Sword Master
of Excalibur School
[10]

Demon's
Sword Master
of
Excalibur
School 10
Author Yu Shimizu
Illustration Asagi Tosaka

聖剣学院の魔剣使い10

志瑞 祐

MF文庫J

Contents

Demon's Sword Master of Excalibur School

口絵・本文イラスト：遠坂あさぎ

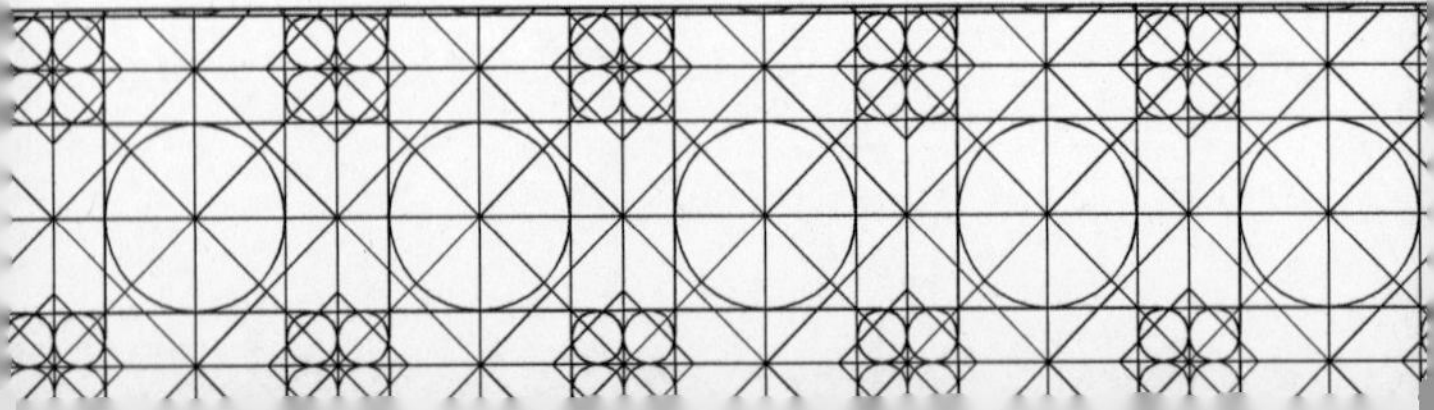

第一章　その声に導かれ

Demon's Sword Master of Excalibur School

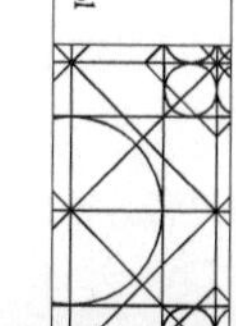

血のように真っ赤な空が、視界いっぱいにひろがった。

虚無の生まれいずる場所――異世界の空だ。

（……っ、この程度で動かなくなるとは、軟弱な肉体だ）

地面に仰向(あおむ)けに寝転がったまま、レオニスは苦々しげにうめいた。

手にした〈魔剣〉の刃(やいば)は、すでに輝きを喪失し、その権能を止めている。

しかし、レオニスはいまだ、起き上がることができなかった。

〈ダーインスレイヴ〉の力を使った反動で、魔力も体力も、ごっそりもっていかれた。

ある程度、出力を抑えたつもりだったが、やはり〈魔剣〉を制御するのは至難の業だ。

「――奴(やつ)は、消滅した……か……」

視線だけをあたりに巡らせる。

レオニスと〈精霊王〉の戦った場所は、木々が薙(な)ぎ倒され、森が消滅していた。

始原の精霊の王(ワイルド・エレメンタル)――エルミスティーガ・エレメンタル・ロード。

〈ヴォイド・ロード〉として復活した、一〇〇〇年前の仇敵(きゅうてき)を、レオニスは葬った。

生ける大地は崩壊し、もはや跡形もない。

「赦せ、気高き魂の〈精霊王〉よ。貴様に遺恨はなかったが――」

――〈魔剣〉を抜いた以上は、滅ぼすことになる。

「貴様はこの俺に、〈ダーインスレイヴ〉を抜かせた。それほどの格の敵であったと、民に語り継がせることとしよう――」

――と、その時。レオニスの頭上に影が差した。

「マグナス殿、大丈夫か？」

金色の目をした黒狼が、レオニスの顔を覗き込んでいる。

「ああ、〈魔剣〉を使った反動だ。今は指一本動かせん」

「――そうか」

ブラッカスはレオニスの襟首をくわえると、倒れた木のそばまで引きずっていき、上半身を持ち上げて、もたせかけた。

「……乱暴だぞ。もう少しいたわれ」

「それはすまなかった」

レオニスが仏頂面で文句を言うと、ブラッカスは鼻先を少し下げて、

「俺はこれから、〈影の女王〉を追う。奴を逃がすわけにはいかん」

「ああ、任せた。生かして捕らえ、俺のもとへ連れてこい」

〈影の女王〉――シェーラザッド・シャドウクイーン。

一〇〇〇年前、ブラッカスとレオニスに追放されたはずの〈影の王国(レルム・オヴ・シャドウ)〉の支配者は、〈帝都〉の中心部にある〈エリュシオン学院〉に拠点を築き、レギーナ、シャトレスを始めとする〈聖剣士〉たちを拉致した。

ブラッカスを捕らえ、レオニスを罠(わな)に誘い込んだが、あえなく返り討ちに遭い、更には、〈精霊王〉エルミスティーガを復活させる、という奥の手を使ったが、その目論見(もくろみ)も、レオニスが完膚なきまでに粉砕した。

「奴の目的を聞き出す必要がある。その後は、お前の好きにするがいい」

「承知した」

ブラッカスはぐるる、と凶暴な唸(うな)り声を上げると、レオニスの影の中に飛び込んだ。

暴虐の黒狼帝は、狩りの獲物を逃がすことはない。

たとえ影の世界に逃げようと、地の果てまでも追い続けるだろう。

「……しかし、〈精霊王〉か」

独りごち、レオニスは半身を起こすと、魔剣を杖(つえ)の鞘(さや)に封印した。

戦いで吹き飛ばされた、あたりを見回して、確信する。

「虚無の瘴気(しょうき)が溢(あふ)れているが、やはり、ここは〈精霊の森〉で間違いあるまいな」

レオニスの記憶に間違いがなければ、距離も方角も、このあたりのはずだ。

――〈精霊の森〉。〈始原の精霊(ワイルド・エレメンタル)〉たちの生まれ故郷。

一〇〇〇年前はエルフの王国が栄え、ログナス王国と領地を接していた。

「……」

レオニスは、血のように赤い空を見上げた。

——なぜ、次元を隔てた〈ヴォイド〉の世界に、〈精霊の森〉が存在するのか。

(それに——)

封罪の魔杖を掴んだ手を、強く握りしめる。

『——ああ。やっと、約束を果たしに来てくれたんだね、レオニス』

〈ダーインスレイヴ〉を使った時に聞こえた、彼女の声——

確信に至るには、まだ材料が少ない。

——が、レオニスは、この〈ヴォイド〉の世界に関して、ある推測をしていた。

(俺の推測が正しいとするなら、この世界は——)

「魔王様、ご無事ですかっ、魔王様!」

と、そんな思考を断ち切るように——

レオニスの影の中から、メイドが勢いよく飛び出してきた。

「わっ、魔王様!」

飛び出した勢いのまま、レオニスの顔面にぶつかってくる。

「……おぐっ!」

「も、申しわけありません！　大丈夫ですか、魔王様!?」

「……～っ、こ、この粗忽者（そこつもの）……」

メイドの少女に押し倒されたまま、レオニスは呻（うめ）く。

「……はあ。そこつ、とはなんでしょう？」

「なんでもいい。早くどいてくれ」

「す、すみません！」

シャーリはあわてて飛びのくと、スカートを摘（つま）んで優雅に頭を下げた。

「と、とにかく、ご無事でよかったです」

「ふん、俺を誰だと思っている」

レオニスは座ったまま肩をすくめる。

「俺の眷属（けんぞく）は？」

「魔王様の眷属は、ご無事です」

訊（たず）ねると、シャーリはなぜかちょっと不満そうに、頬（ほお）を膨らませた。

「今は〈影の女王〉に誘拐された者たちの救助をしています。魔王様を探しに行こうとしていたので、わたくしが止めておきました」

「……そうか」

と、レオニスは頷（うなず）く。

「魔王様は、あの眷属の心配ばかりなされるのですねっ」

「……？　なにを怒っている？」

「べつに怒っていません。わ、わたしも心配されたい……」

ごにょごにょと呟いて、ふいっとそっぽを向いてしまう。

（まあ、なんにせよ……）

レオニスは、すぐに姿を現したほうがいいだろう。

混乱している今なら、攫われた学院生たちの中に自然にまぎれることができる。

時間が経ってから合流しては、不審に思われるに違いない。

「シャーリよ、俺は〈魔剣〉を使った反動で、しばらくはまともに身体を動かせん。ゆえに、ここで少し休んでから、リーセリアたちと合流することにする」

「は、かしこまりました。ではその間、わたくしがお守りします」

ぐっと拳を握るシャーリ。

「護衛は不要だ。動けずとも、自分の身くらい守れる」

「……では、子守歌をご所望でしょうか。歌はあまり知らないのですが」

こほんと咳払いして、あーあーと可憐な声を響かせる。

「子守歌も不要だ。それより、あとで合流したときに不審に思われぬよう、俺の姿になって溶け込んでおけ」

「――は、かしこまりました」

シャーリはぺこりと頭を下げると、しゅるしゅると影を纏(まと)う。

その影がはらりとほどけると、レオニスと瓜二(うりふた)つの姿が目の前に現れた。

「このような感じでいかがでしょうか？」

「ああ、よかろう」

「いえ、その、もちろん、本物の魔王様のお姿のほうが、お可愛(かわい)いと思いますが……」

「……早く行け」

「は、いますぐに！」

憮然(ぶぜん)として返すと、シャーリはあわてて影の中に消えるのだった。

「……まったく」

レオニスは嘆息して、腕をだらりと地面におろした。

「――〈ヴォイド〉の世界、か」

レオニスの推測に間違いがなければ――

この世界には、あの場所の遺跡が残っている可能性は高い。

（……この目で、確かめなければな）

◆

「お嬢様ー、ここにもありましたよ」

レギーナが後ろを振り向いて、声を上げた。

彼女の聖剣〈竜撃爪銃(ドラグ・ストライカー)〉に備わった照準ライトが、真っ暗な遺跡の広間を照らし出す。

通路に落ちているのは、謎の影に呑(の)み込まれて誘拐された、エリュシオン学院の学院生たちの制服だった。

レギーナと同じく、誘拐された学院生たちは、みな影に制服を剥(は)ぎ取られ、意識を失った状態で、ピラミッドの遺跡の広間に囚(とら)われていた。

レギーナとリーセリア、それに意識を取り戻した幾人かは、遺跡の中に戻り、剥ぎ取られた制服と通信端末を回収してまわっているのだった。

「えーっと、これで、二十七人ぶんね。足りないのはあと八着よ」

リーセリアが手元の端末でカウントする。

〈聖剣士〉養成校の制服には、必ず所属部隊のナンバーが割り振られているので、誰の持ち物かはすぐに照合できる。

ちなみに、レギーナの制服は早くに見つかった。〈聖剣学院〉の制服の持ち主は彼女だけなので、照合するまでもなかったのだ。

「それにしても、この遺跡はなんなのかしら？」

リーセリアは広間を見回しつつ、訝(いぶか)しげに呟(つぶや)いた。

「まさか、〈ヴォイド〉が建造したわけでもないでしょうし」

「ですね。たしか、あのエルフの娘は、〈神殿〉とか言ってましたけど」

「詳しく調べたいところだけど、そうも言ってられないわね」

肩をすくめるリーセリア。

古代遺跡に興味はあるが、今はそれどころではないだろう。

なにしろ、ここは——虚無の亀裂の向こう側。

——〈ヴォイド〉の世界なのだ。

◆

ピラミッド型遺跡の外は、鬱蒼(うっそう)とした不気味な森に囲まれていた。

木々の間に覗(のぞ)く空は、血のように真っ赤だ。

「誰か治癒の〈聖剣〉を使える者はいるか？　怪我(けが)を負った者がいる」

「わたし、〈陽光の鐘〉を使えます。等級はEランクですけど——」

「いや、構わん。治療を頼む」

「シャトレス殿下、みんなの持ち物を回収してきました」

回収した制服を両手に抱えたリーセリアが、声をかけると――

「ああ、ご苦労だった」

帝国第三王女、シャトレス・レイ・オルティリーゼは振り向いて、軽く頷いた。

「それで全員分か？」

「まだ足りませんね。もう一度、中に入って探します」

と、同じく制服を抱えたレギーナが答えた。

「そうか。ではとりあえず、持ち主のわかるものだけ、返却しておいてくれ」

「わかりました」

返事をして、二人は目を覚ました学生たちのいる、開けた場所へ移動する。

「シャトレス様、まだ他人行儀ね」

「しかたないですよ、みんなの目がありますし」

ツーテールの髪を揺らし、レギーナは首を横に振った。

シャトレスは、レギーナが、抹消されたオルティリーゼ王家の第四王女、彼女の実の妹であることに気付いたようだ。

〈聖剣剣舞祭〉で、レギーナに命を救われたときには、すでに疑念があったようだが、確信を得たのは、オルティリーゼの血筋の者しか扱えないはずの〈始原の精霊〉が、レギーナに懐いているのを見てのようだ。

「けど、姉さんと話すことができて、よかったです。最初は、ちょっと怖い人だなって思ってましたけど、わたしのこと、ずっと想ってくれていた——」

「——そう、よかったわね」

微笑んで、頷くリーセリア。

「セリアお嬢様のおかげです。お茶会の招待状を受け取ったとき、お嬢様がわたしの背中を押してくれたから……」

「うん、でも、こんなことになってしまって……」

「それはお嬢様のせいじゃないですよ」

レギーナは首を横に振った。

「お嬢様と少年も、あの影に捕まったんですよね？」

「え？　ええ……」

リーセリアは曖昧に頷いて、誤魔化した。

彼女とレオニスは、あの影には捕まっていない。

むしろ、影の中に飛び込んで、レギーナを追いかけたのだ。

「わたしとレオ君は、攫われる途中で目を覚まして、戦うことができたの」

「それにしても、あの影はなんだったんでしょうか？　〈ヴォイド〉？」

「……わからないわ」

それは、リーセリアにも正直、よくわからない。

（……レオ君の敵の仕業、なんでしょうけど）

レオニスとは、影のお城を進む途中で、別れてしまったのだ。

「あの巨大な〈ヴォイド〉も、突然消えてしまいましたし……」

レギーナは、先ほどまで巨大な怪物の暴れていた方角に眼(め)を向けた。

あれはまるで、大地そのものが意思を持ち、具現化したような怪物だった。

咲耶(さくや)と一緒に来たエルフの少女は、偉大なる精霊、と口にしていた。

だから、古代の精霊使いの血を引くレギーナとシャトレスは、遺跡の上で、エルフに伝わる精霊を鎮める儀式をしたのだ。

けれど、あの怪物が消滅したのは、その儀式のためではないだろう。

（あれを倒したのは、レオ君ね……）

リーセリアはそう確信している。

怪物が消える前に、一瞬、激しい閃光(せんこう)が空に奔(はし)るのが見えた。

（きっと、あの剣を使ったんだわ……）

〈第〇七戦術都市(セヴンス・アサルト・ガーデン)〉で、魔力炉に寄生した〈ヴォイド・ロード〉を消し飛ばし、〈第〇三戦術都市(サード・アサルト・ガーデン)〉に現れた、〈ヴォイド・ロード〉を倒した剣。

人類の持つ〈聖剣〉とは比べものにならないほどの、圧倒的な力——

「そういえば、少年、どこまで行ったんですかね。少し遅い気が……」

と、レギーナが心配そうに言った。

「そ、そうね……」

レギーナには、レオニスが〈聖剣〉で、付近の偵察をしていると説明してある。

そろそろ姿を現さないと、怪しまれるだろう。

「そんなに遠くまでは、行ってないはずだけど……」

じつのところ、リーセリアも心配だった。

あの剣を使ったということは、万にひとつも負けはないだろうけれど——

（……大丈夫よね。師匠が迎えに行ったみたいだし）

リーセリアも早く駆けつけたいのだが、シャーリに、「あなたはここにいて、主様の不在を怪しまれないようにしてください」と命令されているのだ。

レギーナと話しているうちに、森の中の開けた場所に着いた。

そこでは、意識を取り戻したばかりの〈エリュシオン学院〉の学生たちが、地面に横たわるようにして休んでいた。

多くはまだ衰弱していて、歩き回るだけの元気はないようだ。

と、その中に、リーセリアは見知った顔の少女を見つける。

「咲耶」

「ああ、先輩――」

顔を上げたのは、〈桜蘭〉の白装束を着た、ボーイッシュな青髪の少女だ。

咲耶は、影によって連れ去られたのではなく、〈聖剣剣舞祭〉のときに発生した、あの巨大な虚空の裂け目を抜けて、この〈ヴォイド〉の世界に来たのである。

最近、この年頃の少年少女特有の病気に罹患したようで、左眼にカッコイイ眼帯をつけていたのだが、もう外しているようだ。

「咲耶、なにをしてるんです？」

レギーナが首を傾げて訊ねた。

「ああ、目を覚ましたみんなに、〈桜蘭〉伝統の、気を伝える方法を試していたんだ」

「そういえば、〈桜蘭〉の民は、不思議な力を持っているって聞いたことがあるわね」

リーセリアは興味津々な様子で、咲耶に近付く。

咲耶は、衰弱した学生の後ろに立ち、深呼吸した。

そして――

「たあああっ！」

ぺしっ、ぺしぺしっ！

手刀で首筋を叩く。

「……そ、それが、〈桜蘭〉伝統のやり方なの？」

「ああ、〈桜蘭〉に伝わるチョップだよ。人も魔導機器も、だいたいこれで直る」

「ほ、本当に……？」

ぺしぺしとチョップを続ける咲耶に、戸惑いの視線を向けるリーセリア。

だが、咲耶に手刀を叩き込まれた、衰弱した少女は――

「あ、ありがとうございます、なんだか、元気になったような気がします！」

パッと明るい笑顔を取り戻した。

「よかった。まだ、あまり動き回らないほうがいいよ」

「ほ、本当に効果があるみたいね……」

「ひょっとして、〈雷切丸（らいきりまる）〉の権能で、微弱な電流が走ってるんじゃないです？」

うーん、とレギーナは首を傾げる。

両手に抱えた制服をどさっと降ろすと、ふと、リーセリアは周囲を見回して、

「咲耶、一緒に来た、エルフの娘（こ）はどうしたの？」

「ああ、彼女はどうも、人の大勢いる場所は苦手みたいでね。姿を消してしまったよ」

「……そう、エルフだものね」

エルフ種族は本来、あまり人前に姿を現さないものなのだ。

〈第〇七戦術都市（セヴンス・アサルト・ガーデン）〉でも、森のある〈亜人特区〉以外では、ほとんど姿を見かけない。

「精霊を鎮める儀式を教えてくれたこと、お礼を言いたかったんですけどね」

レギーナが残念そうに呟く。

「一人で、危険じゃないかしら?」

「彼女はボクと同じくらい強いし、大丈夫だと思うけど――」

――と、咲耶は突然、茂みのほうへ視線を向けて、

「……そこにいるのは、誰だい?」

鋭く声を発した。

「……?」

リーセリアとレギーナが、眉をひそめて振り向くと、

ガサガサと茂みが揺れ、小柄な人影が姿を現した。

「……あ、レオ君!」

茂みを割って現れたのは、葉っぱだらけになったレオニスだった。

「見回りをしてきました。あたりに〈ヴォイド〉の気配はありません」

制服のズボンをはたきつつ、言うレオニス。

「なんだ、少年だったのか」

咲耶が警戒を解き、肩をすくめた。

「なんとなく、気配が違うような気がしたんだけど……」

「レオ君、よかった。心配したんだから」

リーセリアは駆け寄ると、レオニスをぎゅっと抱きしめた。

「……っ、な、なにをするんですか！」

胸に顔をうずめ、戸惑うような声をあげるレオニス。

「……あら？」

ふと、リーセリアは違和感をおぼえ、腕を離した。

……なにかが、違うような気がする。

腰をかがめ、じーっと彼の目を見つめて――

「……レオ君、じゃないわね」

後ろの二人に聞こえないよう、小声で囁く。

「……」

「もしかして、師匠ですか？」

「……し、師匠ではありません」

憮然とした表情で言うレオニス。

「やっぱり……」

どうやら、このレオニスは、シャーリが変装した姿のようだ。

「……ど、どうしてわかったのですか？」

「うーん。なんとなく、雰囲気とか匂い、かしらね」

以前、〈ハイペリオン〉で、レオニスの偽物を見たときは、わからなかったけれど、いまではちゃんと識別できる。

普段のしぐさとか、微妙な違いを、無意識のうちに感じとっているのかもしれない。

「……本物のレオ君は？」

「少し疲れたので、休んでおられます。あなたが心配することはありません」

「そ、そう……」

そうは言われても、心配なリーセリアである。

「少年、大丈夫でしたか？　怖くなかったです？」

と、レギーナもそばに寄ってきて、声をかける。

「ええ、影に攫われたときは、気を失っていましたから」

「お腹は空いてないかい？　ボクのおやつをあげよう」

咲耶が白装束の袖を振ると、色とりどりの玉羊羹が転がり出た。

「……おやつ、い、いただきましょう」

じゅるり、とよだれを垂らし、咲耶の玉羊羹を受け取るシャーリだった。

◆

「――ふむ、意識の戻った者は、十七人か」

……数十分後。

森の中の開けた場所で、シャトレスは、回復した学生たちを前に口を開いた。

エリュシオンの〈聖剣士〉たちは、直立不動の姿勢で、第三王女の言葉を傾聴する。

「現在、我々がいるのは、あの〈大亀裂〉の向こう側の世界だと思われる。そう、〈ヴォイド〉の本拠地と目される――異世界だ」

シャトレスの言葉に、少なからぬざわめきが起きる。

(……無理もないわね)

と、リーセリアは胸中で呟く。

彼ら彼女らは、〈エリュシオン学院〉の学舎で、突然、正体不明の影に襲われ、意識もないままに、未知の場所に連れてこられたのだ。

いや、未知の場所であれば、まだしもマシだっただろう。

ここは人類最悪の敵、〈ヴォイド〉の世界なのだ。

「――静粛に！」

シャトレスが凛と声を張ると、ざわめきは収まった。

「我々を連れ去った影の目的は不明だが、おそらく、あの〈大亀裂〉より現れた、〈ヴォイド〉であると考えられる。〈ヴォイド〉は人を喰うが、ときに人間を連れ去る個体もいることは、諸君らも聞いたことはあるだろう」

数は少ないが、実際、そういう報告はある。

リーセリアが、古代の遺跡でレオニスを発見した際、〈ヴォイド〉に連れ去られた棄民の子供かしら、と推測したのもそのためだ。

「あ、あの、シャトレス殿下！」

と、一人の少女がおずおずと手を上げた。

「なんだ？」

「その、わたしたちを連れてきた〈ヴォイド〉は、シャトレス殿下が倒したのですか？」

「——ああ。そうだ」

その質問は、事前に予想していたのだろう。シャトレスは即答した。

いたずらに不安を煽るよりは、間違いなく賢明な判断だ。

学生たちの間に少しだけ、安堵の色が広がった。

シャトレス・レイ・オルティリーゼは、〈聖剣剣舞祭〉で、二度の優勝をはたした、最強の聖剣使いだ。誰もが彼女の強さを知っており、強く信頼していた。

「とはいえ、ここは〈ヴォイド〉の世界だ。危険であることに変わりはない」

シャトレスは言葉を続ける。

「通信端末は使えず、〈帝都〉への救難信号も届かない。帝国の騎士団も、〈エリュシオン学院〉で失踪事件があったことは把握しているだろうが、我々がここにいることまでは、突き止められないだろう」

「そ、そんな……」

学院生たちは、再び不安そうに顔を見合わせた。

「狼狽（うろた）えるな。幸いなことに、帰還の方法はわかっている」

シャトレスは背後を振り返った。

視線の先にいるのは、木に背中を預けて立つ咲耶（さくや）だ。

「彼女は、わたしたちのように、〈ヴォイド〉に連れ去られたのではない。この森を横断する〈大亀裂〉を通って、ここまで来たそうだ」

咲耶は頷（うなず）くと、木々の梢（こずえ）の向こうを指差した。

その先に、空を裂くような、巨大な虚空（こくう）の裂け目の一部が見えた。

「あの裂け目までは、数十キロルだ。ボクは二輪ヴィークルで来たけど、訓練された〈聖剣士〉なら、徒歩でも十分に行ける距離だよ」

「ほ、本当に……」

「あの裂け目を通って、帰れるの？」

と、学生たちは戸惑いつつも、帰還の希望に眼（め）を輝かせる。

「聞いての通りだ。しばしの休息の後、我々はあの〈大亀裂〉を目指して行軍する。反対意見のある者は、申し出るがいい」

「……」

無論、反対する者はいなかった。全員、この森にとどまるほうが、よほどリスクが高いと考えたのだろう。

「あの、意識を失っている者はどうしましょう？」

誰かがシャトレスに訊(たず)ねた。

「ああ、できれば回復を待ちたいところだが、ここに長くとどまるわけにはいかない。誰か、運搬系の〈聖剣〉を使える者はいるか？」

「わたしの〈大食らい〉の〈聖剣〉なら、なんとか全員運べると思います」

と、一人の学生が名乗り出た。

「そうか。では、お前に任せよう」

頷(うなず)いて、シャトレスは全員の顔を見回した。

「各々、自身の〈聖剣〉の力とランクを申告してくれ。戦闘力の高い者を集め、対〈ヴォイド〉の戦闘陣形を取りつつ行軍する。出発時刻は一四〇〇(ヒトヨンマルマル)だ」

「は――！」

エリュシオンの学院生たちは、一斉に敬礼した。

「ふむ、なかなかの統率力です。我が軍に欲しいくらいですね」

と、その様子を見ていた、シャーリ扮するレオニスが、興味深げに呟く。

「……軍？」

隣に立つリーセリアが、眉をひそめて聞きとがめるが、

「いえ、なんでもありません――」

シャーリは首を振り、茂みの奥へ歩いて行く。

「……どこへ行くの？」

「おいとまします。わたくしの役目はここまでですので」

「ちょ、ちょっと……」

あわてて追いかけるようとする、リーセリア。

だが、シャーリは振り返ることもなく、影の中へとぷんと消えてしまう。

「……師匠？」

屈み込んで、地面の影をとんとんと叩いてみるが、ただの固い地面だ。

その時、背後の茂みがガサガサと揺れ、

「――なにをしてるんですか、セリアさん」

「レオ君!?」

杖を手にしたレオニスが姿を現した。

リーセリアはすぐに立ち上がり、レオニスをぎゅっと抱きしめる。

「セ、セリアさん、なにを……！」

「うん、本物のレオ君だ」

嬉しそうに小声で囁くリーセリア。

ますます強く抱きしめて、頭をよしよしと撫でる。

「く、苦しいですよ……」

「あ、ご、ごめんね！」

と、あわてて腕を離した。

「いえ、少し、筋肉痛なだけです」

「……レオ君、また無茶したのね」

リーセリアは眉を八の字にして、レオニスの眼をじっと見た。

「無茶というほどでもありませんけど」

「あの怪物を倒してくれたの、レオ君なんでしょ」

「まあ、そうです。たしかに、少し力は使いましたね……」

レオニスは痛みに耐えるように、わずかに顔をしかめた。

「湿布貼る？　あ、治癒系統の〈聖剣〉を使える子がいるか、聞いてくるわね」

「だ、大丈夫ですから！」

駆け出そうとするリーセリアの袖を、レオニスはぎゅっと掴んだ。

「それより、みんな、なにをしているんですか?」

シャトレスたちのいるほうを見て、訊いてくる。

「みんなで、〈帝都〉に帰還する準備をしているの」

リーセリアは、咲耶とアルーレが〈大亀裂〉を抜けてここに来たこと、同じルートを通って元の世界に帰還する計画を話した。

「……なるほど」

レオニスは顎に手をあてて、

「それは、好都合ですね……」

「……好都合?」

独り言のような呟きに、リーセリアが首を傾げると、

「ええ。僕は、しばらくここに一人で残ろうと思うので」

そんなことを言い出すのだった。

◆

(……咲耶には悪いけど、苦手なのよね。人が大勢いるのは)

はるか背後に、人間たちの声を聞きながら、しっぽ髪の少女は森の中をゆく。

アルーレ・キルレシオ。

魔王殺しの勇者の称号を持つ、エルフ族の剣士。

……馴れ合うつもりはない。

もともと、ここには一人で来るつもりだったのだ。

(いろいろ聞かれると、面倒なことになりそうだし、ね)

今の彼女は、反帝国組織〈狼魔衆〉の用心棒だ。市民登録票は組織に偽造してもらったが、あれこれ詮索されれば、いずれボロをだしかねない。

(――それにしても、どういうことなの?)

瘴気の漂う〈精霊の森〉を歩きながら、アルーレは思案する。

森で暴れていた巨大な大地の怪物は、〈精霊王〉――エルミスティーガだ。

偉大なる精霊の王であり、エルフ族の同盟者。

なぜ、滅びたはずの〈精霊王〉が、甦ったのか――?

しかも、この時代の人類が〈ヴォイド〉と呼ぶ、化け物の姿になって――

大地の怪物の暴れた場所を調べてみたが、なんの痕跡も発見できなかった。

ただ、森の木々が薙ぎ倒され、巨大なクレーターがあるばかりだ。

「精霊鎮めの儀式で〈精霊界〉に戻った? ううん、あり得ないわね」

しっぽ髪を揺らして、首を横に振る。

ちら、と後ろを振り返り、ピラミッド型の遺跡を見た。

あの遺跡は、精霊を祀る神殿だ。アルーレのいた時代には、エルフの巫女が儀式を執り行い、荒ぶる精霊たちを鎮めていた。

（けど、あんな儀式なんかで――）

アルーレが儀式を教えた二人の少女は、たしかに精霊使いの血筋のようだが、たとえ神殿の力を借りても、〈精霊王〉ほどの存在を鎮められるはずがないのだ。

まして、〈精霊王〉は虚無の化け物となっていたのだから。

（そもそも、よ――）

と、アルーレは足を止め、上を見上げた。

木々の梢の隙間から、血のように赤い空が覗いている。

「――どうして、この世界に〈精霊王〉が現れたの？」

ここは、彼女のいた世界とは別の世界だ。

〈ヴォイド〉という未知の化け物に支配された、虚無の世界。

（……ここは、一体なんなの？　こんなの、長老樹様は教えてくれなかった）

勇者アルーレに与えられた使命は、一〇〇〇年後の未来に現れる〈叛逆の女神〉――ロゼリア・イシュタリスの転生体を殺すこと。

（――この魔王殺しの武器、〈クロウザクス〉は、そのために与えられた）

アルーレは、斬魔剣の柄を握りしめる。

世界は、彼女の知るそれからは、大きく変貌してしまった。

（まずは、この世界のことを調べる必要がある――）

まったく、手がかりがないわけじゃない。

甦(よみがえ)った〈精霊王〉。そして、〈精霊王〉の神殿の遺跡。

（あの遺跡が存在するということは、この世界は――）

……確証はない。だから、確かめに行く。

（あたしの考えが正しければ、あの場所にあるはず――）

その方角をまっすぐに見据え、アルーレは森の中へ姿を消した。

◆

「……ここに残って、調べたいことがある？」

「ええ」

驚きの表情を浮かべるリーセリアに、レオニスはこくっと頷(うなず)いた。

集団から離れた、森の中の茂みに、リーセリアと二人きりだ。

念のため、人払いの結界を周囲に張ってある。近付いてくる者はいない。

「レオ君、この世界は〈ヴォイド〉の発生場所なのよ。どれだけ危険か――」

「大丈夫ですよ。セリアさんは、僕の力を知っているでしょう？」

「……そ、そう、だけど。ううん、ダメよ。こんな場所に残るなんて」

リーセリアは困ったような表情で、首を横に振った。

（……まあ、そう素直には聞いてくれないか）

過保護な眷属の少女に対して、やれやれと肩をすくめる。

「セリアさんが止めても、僕は行きますから」

敢えて突き放すように言うと――

「……っ、レ、レオ君!?」

リーセリアは、ハッとショックを受けたように固まった。

「……ひょっとして、反抗期なお年頃？」

「ち、違います！」

「じゃあ……」

「僕の探している人が、この世界にいるかもしれないんです」

「……え？」

レオニスの発したその言葉に、リーセリアが蒼氷の眼をわずかに見開く。

「レオ君の探している人って、あの――」

「そうです。僕の、大切な人です」

リーセリアには、以前に話したことがある。

レオニスの目的が、大切な人を探すためだということを。

「その人が、この〈ヴォイド〉の世界にいるの？」

「……それは、わかりません」

レオニスは首を振り、リーセリアの眼をじっと見つめかえす。

「でも、この世界に、彼女に関する、何らかの手がかりがある気がするんです」

「……」

リーセリアは、しばし無言になると――

「――そう。わかったわ」

肩をすくめて、静かに頷いた。

「事情が事情みたいだし、レオ君、結構頑固だもんね」

（……セリアさんもですよ）

とは、口に出さずに呑み込むレオニスである。

「ただし、条件があるわ」

リーセリアは、レオニスの眼前に、ピッとひと差し指を立ててみせた。

「……なんです？」

「わたしも、レオ君と一緒に行くから」

きっぱりと告げてくる。

「だめですよ。セリアさんは、みんなと一緒に戻ってください」

「どうして？」

「危険です。セリアさんを守りきれないかもしれません」

言うと、リーセリアはむっと頬を膨らませ、

「わたしがレオ君を守るの。君の保護者なんだから」

腰をかがめて、顔を近付けてくる。

「……っ!?」

鼻先の触れそうな距離に、レオニスは思わず頬を赤くする。

彼女はレオニスの顔をじーっと見つめて、

「レオ君、今は身体が動かせないんでしょ？」

「そ、それは……」

レオニスはぐっと言葉に詰まった。

……たしかに、ようやく歩けるようにはなったが、かなり無理をしている。

呪文の詠唱はできるが、激しく動き回ることは不可能だ。これまでの〈魔剣〉の反動を考えると、最低でも二、三日はまともに動くことはできまい。

「あの剣を使ったあとは、いつもベッドに倒れ込んじゃうじゃない。レオ君がすごく強いことは知ってるけど、そんな状態じゃ、すぐにやられちゃうわ」

……なかなか、痛いところを突いてくる。

今のレオニスは不死者(アンデッド)ではない。〈ヴォイド〉の爪で引き裂かれれば、あっけなく死んでしまう、十歳の子供の肉体なのだ。

普段、護衛の役目を果たしているブラッカスには〈影の女王〉を追跡させているし、ログナス三勇士も〈聖剣学院〉に配置している。

ゆえに、シャーリを同行させるつもりでいたのだが――

（……できれば、シャーリには〈魔王軍〉の管理を任せたいしな）

魔王ゾール・ヴァディスこと、レオニス不在の間、〈狼魔衆(ろうましゅう)〉を始めとする配下の〈魔王軍〉を任せられるのは、今のところシャーリしかいない。

ただでさえ、〈帝都〉にはびこる地下組織を吸収合併し、膨れ上がっているのだ。

現在の混乱に乗じて、暴走などされてはかなわない。

レオニスは、眷属(けんぞく)の少女をじっと見つめた。

（……旧〈魔王軍〉の位階で言えば、不死軍団長、といったところか）

シャーリの特訓と〈聖剣剣舞祭〉を経て、この頃の彼女は、見違えるように強い。

〈真祖のドレス〉の力も引き出せるようになったことだし、レオニスが呪文を唱える間の露払いくらいは、任せてもいいだけの実力がある。

（……まあ、手元にいたほうが安心かもしれんな）

〈エリュシオン学院〉が〈影の女王〉に狙われたように、〈帝都〉にも危険はある。

であれば、むしろ、近くにいたほうが、彼女の危険を減らせるかもしれない。

（——それに、こうなったら意思が強いからな）

胸中で呟いて、レオニスは肩をすくめた。

「——わかりました。セリアさんも、ついてきてください」

「うんっ、わたしに任せて！」

リーセリアは笑顔で頷くと、レオニスの頭にぽんと手をのせて撫でるのだった。

◆

「だめです、お嬢様と少年だけで残るなんて！」

レギーナの反応は、予想通りだった。

ツーテールの金髪を自分の手で持ち上げ、くわっとツノのようにしている。

……どうやら、怒っている表現のようだ。

「わたしも、一緒に行きますから！」

「だ、だめよ、すっごく危険なんだから。それに、体力だってまだ戻ってないでしょ」

「もう平気ですってば、ほら」

レギーナは頬を膨らませ、その場でぴょんぴょん跳びはねる。

スカートがはらりとめくれ、レオニスは思わず視線を逸らした。

「だいたい、危険だっていうなら、尚更、お嬢様を残してなんて行けません。セリアお嬢様のことを頼むって、クリスタリア公爵様に仰せつかっているんですから。公爵様の墓前に顔向けできなくなってしまいますよ」

「で、でも……」

「でもじゃありません、わたしも行きます!」

腰に手をあて、レギーナはびしっと言った。

まるで、先ほどのレオニスとリーセリアのやりとりを、繰り返しているかのようだ。

「それに——」

と、レギーナはレオニスのほうに向きなおると、

「少年の記憶に関わること、なんですよね?」

「ええ——」

と、レオニスは真剣な顔をして頷いた。

「この世界の景色は、なんだか、見たことがあるような気がするんです」

レオニスは、記憶喪失の状態で保護された、ということになっている。

ロゼリアを探していることは、リーセリアにしか話していないため、『この世界に記憶を取り戻す手がかりがあるかもしれない』という理由にしたのだ。

「だったら、協力しますよ。少年は大事な部隊の仲間なんですから、ね♪」

レオニスの頭にぽんと手をのせ、片目を閉じてみせる。

「……わかりました。それじゃあレギーナさんも、一緒に来てください」

「レ、レオ君？」

と、リーセリアがあわてて振り向く。

（説得しても、レギーナさんの意思は変わらないでしょう）

レオニスはリーセリアの頭に、こっそり〈念話〉を送る。

「……そうね、わかったわ」

「お嬢様！」

「正直、レギーナがいてくれたほうが、心強いのは確かだし――」

「それじゃあ、この四人で決まりだね」

リーセリアが頷くと――

と、先ほどから、腕組みして聞いていた咲耶が言った。

「ええっ、咲耶も一緒に来るの？」

「ボクはもともと、この〈ヴォイド〉の世界を調査するために来たんだ。どのみち、ひとりでも、残るつもりだったよ」

当然、とばかりに頷く咲耶。

「それじゃあ、咲耶さんもご同行願いましょう」

「ああ、よろしくたのむよ」

「……しょうがないわね。フィーネ先輩が心配しないといいけど」

肩をすくめるリーセリア。

「それじゃ、準備をしましょうか」

「待ってください、お嬢様」

と、レギーナがストップをかけた。

「もう一人、説得しないといけない人がいますよ」

◆

「調査のために、ここに残るだと？」

シャトレス・レイ・オルティリーゼは眉をひそめ、リーセリアたちを鋭く睨んだ。

「——はい。偶発的ではありますが、〈ヴォイド〉に関しての手がかりを掴む機会と考えます。〈聖剣学院〉第十八小隊は、この地に残り、敵地調査を行います」

プレッシャーを真正面から浴びながら、リーセリアはよどみなく答えた。

「すでに帝国騎士団が偵察部隊を組織している。君達(たち)のすべきことではない」

シャトレスは氷のように厳しい口調で言う。

「君達の実力が、学院の格付けなどよりはるかに高いことはわかっている。君達なら、危険度の高い〈巣(ハイヴ)〉の調査任務も問題なくこなせるだろう。しかし、この世界はあまりに未知数だ。情報が少なすぎる」

「〈管理局〉の情報解析を待っていては、次は手遅れになるかもしれません」

リーセリアは退(ひ)かずに言った。

「〈大狂騒(スタンピード)〉の予兆を見逃せば、〈帝都〉は壊滅します」

「む……」

まっすぐな瞳に——

シャトレスは、言葉に詰まった。

当然、彼女は知っている。

〈大狂騒〉によって、リーセリアの故郷、〈第〇三戦術都市(サード・アサルト・ガーデン)〉が滅ぼされたことを。

たしかに、〈帝都〉の上空には巨大な亀裂がある状態だ。

いつ大規模な〈ヴォイド〉の侵攻があってもおかしくはない。

調査団の報告を待つなどと、悠長なことを言っている場合ではないのかもしれない。

「お願いします、姉さん」

と、レギーナも頭を下げる。

「……レギーナ。お前も行くのか？」

「はい、わたしはセリアお嬢様のメイドですから」

レギーナはきっぱりと答えた。

「——そうか」

シャトレスは腕を組んで考え込み、やがて、大きな息を吐いた。

「わたしは、第三王女だが、まだ準騎士扱いの学生だ。〈聖剣学院〉に所属している君達に、命令する権利はない。好きにするがいい」

「ありがとうございます、姫殿下」

「姉さん、ありがとう」

「……くれぐれも、無理はするな。あくまで偵察だ」

レギーナのほうを見て、気遣わしげに言う。

「私も同行したいところだが、ほかの学院生を〈帝都〉に送り届ける責務がある」

「はい、どうかご無事で」

「……」

シャトレスはレギーナの顔を見て、こほんと咳払いした。

「と、ところで、レギーナ・メルセデス」

「……？」

「その、もう一度──」

「え？」

「もう一度、姉さんと呼んでくれないか？」

「……」

レギーナは思わず、眼を見開いて──

「セリアお嬢様、どうしましょう。姉がとっても可愛いです」

リーセリアにこっそりと耳打ちするのだった。

◆

その後。〈エリュシオン学院〉の学院生の回復を待って、出立することになった。

リーセリアたちが、回復した者たちのケアを手伝っている間、レオニスはこっそりキャンプを抜けだし、ピラミッド型遺跡の内部を見て回った。

「──やはり、ハイ・エルフの建造した、〈精霊王〉を祀る神殿で間違いないな」

壁に刻まれた魔術文字に触れつつ、レオニスは呟く。

魔術文字を正しい手順で起動すれば、いまでも神殿としての機能を果たすだろう。

(やはり、〈精霊王〉の力を一瞬抑えたのは——)

レオニスがエルミスティーガと交戦している最中、遺跡の上にエルフの魔法陣が輝き、レギーナとシャトレスが、儀式の演舞を舞っていた。

あの二人には、太古の精霊使いの血が流れているようだが、一瞬とはいえ、〈精霊王〉を鎮めることができたのは、この神殿で儀式を行ったからだろう。

(……神殿を起動したのは、アルーレ・キルレシオか)

剣聖の弟子であるエルフの勇者もまた、咲耶と共にこの世界に来たのだという。

また姿を消したようだが、一体、なにが目的なのだろうか。

(——奴の背後には、なにかがいるようだしな)

以前、彼女に精神操作の魔術をかけようとしたことがある。

しかし、魔術は弾かれ、なにかが観察しているような気配があったのだ。

——アルーレ自身も、その存在に気付いていないようだが。

「よろしいのですか、魔王様——」

と、その時。足元の影が揺れ、ずずず、とシャーリが顔を出した。

「なんだ、シャーリ」

「眷属はまだしも、足手まといが増えるのでは？」

「……しかたあるまい。あの場面で同行を断るのは不自然だ」

レオニスは肩をすくめて言う。

「それに、足手まといでもない。俺の肉体はこの通りだからな」

レオニスは拳を閉じたり、開いたりしてみせる。

「身体が鉛のように重い。こうして立っているのも、なかなか億劫だ」

「魔王様、やはり、わたくしが護衛として残ったほうがよろしいのでは」

「いや、お前は〈魔王軍〉の司令代行だ。ゾール・ヴァディスになり代われるのは、お前しかいないからな」

と、レオニスは首を横に振る。

「それに、帝弟アレクシオスの監視も必要だ。あの男も、人類側の同盟者として、完全に信を置いたわけではない」

「帝弟アレクシオス……」

シャーリは神妙な顔で顎に指をあて、

「えぇっと、どなたでしょう？」

「謁見に現れただろう」

「ああ、贈り物にガラクタを持ってきた」

レオニスがジト眼で睨むと、シャーリはぽんと手を打った。

「申し訳ありません。興味がなさすぎて、忘れておりました」

「……一応、最高権力者の身内だぞ」

呆れて言うレオニス。

「奴にシャトレスの情報を与えてやれ。無事に合流できるようにな」

「かしこまりました」

シャーリは頷いて、

「見返りに、なにを要求しましょうか？」

「……そうだな。武器の供与か……いや、見返りは必要あるまい」

レオニスは考え直した。

友誼を結んだ同盟者として、この程度のことで何かを要求しなくてもいいだろう。

貸し、というほどのことでもない。

〈不死者の魔王〉は、気前のいい〈魔王〉なのだ。

「頼んだぞ。留守を預けられるのは、お前だけだ」

「——はっ、お任せください」

シャーリは深々と頭を下げ、影の中へ消えようとする。

「待て——」

ふと、レオニスはあることを思い出して、声をかけた。

「なんでしょう、魔王様？」

「これを預けておく」

パチリと指を鳴らすと——

レオニスの影の中から、鎖でぐるぐる巻きにされた六人の少女が現れた。

シャーリと同じようなメイド服を着た、黒髪の少女たちだ。

六つ子なのだろうか、全員、瓜二つ(うりふた)つの顔立ちをしている。

魔術封印の目隠しをされ、ぐったりと動かない。

「魔王様、また断りなく、変なものを拾ってこられたのですか？」

シャーリが呆れたように言った。

「この者たちは、〈影の女王〉の配下の暗殺者だ」

「……!?　では、〈七星〉の？」

「ああ、俺の命を狙ったが、返り討ちにして捕らえてやった」

——〈七星〉は、〈影の王国(レルム・オヴ・シャドウ)〉の擁する暗殺組織だ。

シャーリも、元は〈七星〉に所属する暗殺者だった。

「見覚えはあるか？」

「いえ——」

シャーリは首を横に振り、少女たちを冷たく見下ろした。

「魔王様に刃(やいば)を向けるとは、万死に値しますね」

黄昏(たそがれ)色の瞳が怜悧(れいり)な光を帯びる。

「まあ、待て。この者たちは、隷属刻印による〈影の女王〉の支配下にあり、強制的に従わされていたようだ。刻印は俺がすでに破壊した」

レオニスが指を鳴らすと、魔力の鎖は弾(はじ)け飛んだ。

少女たちは、そのまま眠るように地面に倒れる。

「この六人の教育を任せる。〈七星〉の暗殺者だ、役に立つだろう」

「……かしこまりました。責任をもって、教育をほどこしましょう」

「うむ、頼んだぞ」

六人のメイドたちと共に、シャーリはずぶずぶと影の中へ沈むのだった。

◆

――〈帝都〉中央統制区(セントラル・ガーデン)、情報解析局の一室。

宙に浮かんだ光球の表面を、無数の文字情報が流れてゆく。

〈聖剣〉――〈天眼の宝珠(アイ・オウ・ザ・ウイッチ)〉。

それを扱うのは、艶やかな黒髪の少女だ。

エルフィーネ・フィレットは〈聖剣学院〉の所属だが、〈帝都〉上空および、周辺に出現した虚無の裂け目の解析のため、一時的に情報解析局に編入されている。

現在は、裂け目の向こう側に三機の宝珠を展開し、データを収集しているところだ。

（いまのところ、周辺領域に〈ヴォイド〉は確認されていないわね）

観測したデータを元に、裂け目の向こう側のマップを生成する。

このマップデータは、いずれ送り込まれる調査部隊が活用するためのものだ。
ジ、ジジジ、ジジジ……——
と、〈天眼の宝珠〉が、不快なノイズを発した。

虚無の瘴気により、〈聖剣〉の力が不安定になっているのだ。

……否。原因は、それだけではない。

〈聖剣〉の力は、使い手の精神状態に大きく左右される。

エルフィーネは、端末のキーボードを叩く手を止め、眼を閉じた。

椅子に腰掛けたまま、天井を見上げる。

指先が、わずかに震えていた。

瞼を閉じても、あの時の記憶は、消えてくれない。

——兄は死んだ。

（わたしが彼を殺した……）

〈魔剣計画(D project)〉の首謀者、フィンゼル・フィレットは、〈魔剣〉の力に呑(の)まれ、虚無の怪物となった。そして、妹であるエルフィーネを殺そうとした彼を――

（わたしは〈聖剣士〉として、処断した……）

フィンゼルが死んだところを、直接見たわけではない。

最後の瞬間、彼は虚無の裂け目に呑み込まれ、消えたのだ。

だが、彼の肉体は、すでに崩壊しかかっていた。

あの状態で、生きていることはないだろう。

（……覚悟はしていたのだけど、ね）

重い吐息がこぼれる。

兄を――人間であったものを手にかけたのだ。

普段、部隊の中では、姉のような役割をすることが多い彼女であるが、実際は、まだ年端もゆかぬ十七歳の少女にすぎない。

（……弱いわね。わたしには、まだ復讐(ふくしゅう)する敵がいるのに）

フィレット財団総帥――ディンフロード・フィレット。

……母の命を奪った男。

そして、あの男こそが、〈魔剣計画〉の裏で糸を引いているのは間違いない。

膝の上で、震える拳を握りしめる。

（……もっと、強くならないと）

あの怪物のような男を倒すことはできないだろう。

瞼(まぶた)を開けた、その時。

テーブルの上の端末が、メールを受信した。

「……〈管理局〉？」

眉をひそめ、彼女はメールを読む。

そして――

「――〈エリュシオン学院〉の学院生が、行方不明に？」

〈管理局〉の報告を受けたエルフィーネは、思わず眼(め)を見開いた。

およそ三時間前、〈帝都〉の聖剣士養成校である、〈エリュシオン学院〉の女子寮区画にいた、学院生およそ四十名が、忽然(こつぜん)と姿を消したという。

学院の監視カメラの映像は、すべて破損しており、記録は一切残っていない。〈ヴォイド〉の瘴気(しょうき)の影響である可能性が高い、とのことだ。

「……〈ヴォイド〉が、〈帝都〉の中央に？」

エルフィーネは唇を噛(か)んだ。

〈帝都〉の上空に飛ばしている〈天眼の宝珠(アイ・オヴ・ザ・ウイッチ)〉は、〈ヴォイド〉発生の兆候を確認していない。しかし、現在、〈帝都〉周辺には、巨大な虚無の裂け目が発生しているのだ。

（……どんな事態が起きても、不思議じゃない）

あるいは、〈エリュシオン学院〉の中に、虚無の裂け目が発生した可能性もある。

だとすれば、学院生たちは、裂け目の向こう側の世界に呑み込まれたのか。

〈管理局〉のメールには、事件発生当時の周辺区域の空間歪曲率のデータが添付されており、至急、解析を頼みたい、とのことだった。

了解しました、と〈管理局〉に返信して――

ふと、思い出したことがあった。

（そういえば、セリアたちが、シャトレス殿下のお茶会に誘われたって――）

ハッとして、端末を確認する。

（やっぱり……）

間違いない。情報解析の任務があるため、断ってしまったが、事件発生の時刻、〈エリュシオン学院〉のお茶会に誘われていたのである。

「セリア……！」

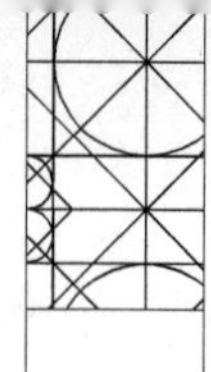

第二章　古王国への道

Demon's Sword Master of Excalibur School

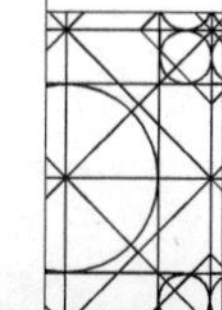

虚無世界の陽(ひ)が、中天をまわり始めた頃、シャトレスは部隊をまとめて出立した。

レギーナとシャトレスの別れは、意外にもあっさりしたもので、他人行儀に互いの無事を祈り、軽く抱き合うだけだった。

「レギーナさん、もっと話さなくて、よかったんですか?」

と、部隊を見送る彼女の背中に、レオニスが声をかける。

「だめですよ。あんまり親しくしていたら、わたしのことがバレてしまいますから」

苦笑気味に答えるレギーナの表情は、少し寂しそうではあったが。

「それに、約束してくれましたから」

「約束?」

「はい、いつか必ず、迎えに来てくれるって——」

振り向いた彼女のツーテールの髪が、風に吹かれてそよぐ。

「それじゃ、少年。わたしたちも出発しましょう」

「ところで少年、どこか、行く場所のあてはあるのかい?」

と、咲耶(さくや)が訊(たず)ねた。

「はい、この森をまっすぐ北へ向かいます」

レオニスは〈精霊の森〉を指差した。

「森の北になにがあるんです？」

「それは、わかりません……」

と、レオニスは首を振る。

「ただ、なんとなく、記憶が呼んでいる気がするんです」

曖昧に答えるレオニスだが、無論、明確な目的地はあった。

だが、目的地が存在するのかどうかは、直接確認するまではわからない。

（——俺の推測が、間違っている可能性もある）

しかし、それはそれで、この虚無の世界を解明する手がかりの一つになるだろう。

「まあ、どのみち、ボクたちもなにかあてがあるわけじゃないしね」

と、咲耶は肩をすくめる。

「少年の直感を信じてみるのも、いいと思うよ」

「それじゃ、北へ向かいましょう」

歩き出そうとするリーセリア。

「あ、待ってください。この森を徒歩で抜けるのは、相当時間がかかります」

レオニスがリーセリアの服の袖をひっぱった。

今のレオニスの体力ではすぐにバテてしまうだろう。

「そうだね。ボクはアルーレと一緒にいたから、そう苦労はしなかったけど」

「森を切り開いてきたの？」

「いや、エルフの力で、森が避けてくれるんだ。あれは不思議だったな」

（……エルフの精霊魔術か、便利だな）

生憎、レオニスはその手の呪文は修めていない。

森を焼き払って進むのは容易いが、魔王の力を見せることになってしまう。

咲耶とレギーナに正体がバレてしまう、というのもあるが、この世界のことが解明できないうちは、あまり目立つことはしたくない。

（……〈屍骨竜〉を召喚するわけにもいかんしな）

飛行型の超大型〈ヴォイド〉と遭遇すれば、派手な戦闘は避けられないし、この世界には、〈ヴォイド〉となった〈剣聖〉という、正真正銘の化け物がいる。

以前の遭遇では、なんとか撃破できたが、〈竜王〉ヴェイラと〈海王〉リヴァイズ、三人の〈魔王〉が共闘し、ようやく互角の戦いだったのだ。

「わたしの〈猛竜砲火〉で、森を吹っ飛ばしましょうか」

「やめたほうがいいわ。〈ヴォイド〉の〈巣〉があったらどうするの」

レギーナのアイデアを、リーセリアがたしなめる。

「じゃあ、やっぱり徒歩かな。少年が疲れたら、交代でおんぶするとして――」

「……恥ずかしいのでやめてください」

抗議の声を上げるレオニス。

「それに、食糧と水もそんなにないわ」

リーセリアが、バックパックを持ち上げて言う。

攫われた〈エリュシオン学院〉の学院生の中に、無限空間の〈聖剣〉の持ち主がいたため、軍用のレーションを分けて貰ったのだ。

……とはいえ、それほど量は多くない。四人で六日分だ。

「非常食なら、ボクも持ってきたよ」

と、咲耶が袖の下から、麻の小袋を取り出した。

「それはなに？」

「〈桜蘭〉伝統の兵糧丸だよ。一粒食べれば二日は元気に活動できる。ものすごく苦いから、喉が渇くけどね」

「できれば、最後の手段にしたいですね」

レギーナが肩をすくめた。

「大丈夫です。こんな時の為に、いいものがあります」

「いいもの？」

レオニスは〈封罪の魔杖(まじよう)〉の柄で、足元の影をこつんと叩(たた)いた。

と、影が大きく拡大し――

ズ、ズズズ、ズズズズズズ……

巨大な鋼鉄の塊が、ゆっくりと浮上してくる。

「ええっ!?」

「……っ、な、なんです、これ!?」

リーセリアとレギーナが、同時に驚きの声を上げた。

〈影の領域〉から現れたのは、一台の戦闘車両(バトル・ヴィークル)。

通称〈サンダーボルト〉と呼ばれる、対虚獣戦闘用の軍用車両だ。

頑丈な装甲と、高出力の動力炉。

足回りはベルト状の無限軌道で、どんな悪路も走破できる。

上部には強力な35㎜機関砲を装備しており、甲殻に覆われていない、小型の〈ヴォイド〉相手であれば、有効なダメージを与えることが可能である。また、機体後部には長期遠征用の食糧と給水タンク、簡易な浄水装置も備えている。

「レ、レオ君……これ、どうしたの？」

「以前、〈第〇三戦術都市(サード・アサルト・ガーデン)〉の廃墟(はいきよ)で発見したものを、こっそり頂いておきました。まだ動くようだったので、もったいないなと思って――」

レオニスはすらすらとでまかせを口にする。

「軍の兵器を横領したの!?」

「まずかったでしょうか?」

「だ、だめよ! 返さないと……」

真面目(まじめ)なリーセリアがおろおろと狼狽(うろた)える。

「まあまあ、返すのはあとでいいんじゃないです? それに〈第〇三戦術都市(サード・アサルト・ガーデン)〉にあったものなら、もともと廃棄されていたようなものですし」

「そ、それは、そうだけど、ううん……」

実のところ、この戦闘車両(バトル・ヴィークル)は、〈第〇三戦術都市〉で接収したものではない。

シャーリが、〈狼魔衆(ろうましゅう)〉のツテを使い、裏のルートで仕入れたものだ。

廃都を離脱する前、なにかめぼしいものはないか、シャーリに捜索させたのだが、航空兵器も地上兵器も、すでに破壊されているか、〈ヴォイド・ロード〉となったティアレスとの戦闘で失われていたのである。

「しかたないわね。戻ったら、ちゃんと返すのよ」

リーセリアはひと差し指をたて、めっと叱った。

「それより、少年の〈聖剣〉の力、こんなに大きいものも入るんですねー」

「え、ええ、まあ、今はこれが限界ですけどね」

レオニスはしれっと誤魔化(ごまか)した。

「〈聖剣〉が成長すれば、もっと入るようになるかもしれません」

「異空間に物体を出し入れする〈聖剣〉は、補給部隊で重宝されるけど、大抵はそれしかできないものが多いからね。少年みたいに、いろいろできるのは珍しいよ」

「そ、そうなんでしょうか……」

咲耶(さくや)の指摘にも、レオニスは曖昧に言葉をにごす。

「ところで、レオ君、ヴィークルの運転はできるの？」

「いえ、僕は……」

レオニスは気まずそうに首を振った。

「動かせるとは思うんですが、あまり自信はありません」

元々、スケルトンに運転させるつもりで手に入れたのである。

「レギーナは、たしか軍用車両の免許を持っていたわよね」

「ええ、メイドの嗜(たしな)みで。あんまり乗っていませんけど、なんとかなると思います」

「それじゃあ、運転はレギーナに任せるわ」

「お任せください、お嬢様！」

◆

無限の虚空に浮遊する、逆しまの城——〈次元城〉

今、かつての主であった〈異界の魔王〉に代わり、城を支配しているのは、虚無によって目覚めた、〈女神〉の使徒達だ。

使徒——〈女神〉の福音を告げる者。

——一〇〇〇年前、〈魔王軍〉の中核を為した、力ある腹心達。

天と地の逆転した、伽藍の大空洞に、無数の〈眼〉がひしめき合っている。

覚醒を果たしたものの、いまなお封印状態にある、最高位の〈使徒〉達だ。

「我等の同胞たる闇の巫女、イリス・ヴォイド・プリエステスにより、〈虚無転界〉は為された。不完全な形ではあるが——」

「〈女神〉の預言の一部は成就した。しかし——」

「シェーラザッド——〈影の女王〉による、〈精霊王〉の虚無化は失敗した」

無限に重なり合う声が、大空洞にこだまする。

「消滅の原因は？」

「〈魔剣〉の贄は十分ではなかった。〈影の女王〉の失態だ」

「〈精霊王〉は、〈魔王〉に準ずる奪還目標。また預言に狂いが生じた」

「〈女神〉の預言は常に正しい。誤りがあるとすれば、その解釈だ」

「なんにせよ――」

――と、虚空の〈眼〉が、大空洞の中央に立つ白髪の青年を見下ろした。

「〈影の女王〉を御するには力不足だったようだな、司祭よ」

「返す言葉もございません」

青年は、穏やかな微笑を浮かべたまま、頭（こうべ）を垂れた。

〈魔王軍〉参謀――ネファケス・レイザード。

人類社会の中に入り込んだ〈使徒〉の十三位。

「――〈魔剣計画（D.project）〉、そして〈疑似女神創造〉。〈人類世界〉における計画の遂行は、お前に一任している。あまり、失望させるなよ」

「――は」

虚空の〈眼〉の向こうに存在するのは、ネファケスより、遥（はる）かに強大な存在だ。

下位の〈使徒〉は、封印された上位者の意思を遂行するための手駒にすぎない。

そして、預言されし〈第一の使徒〉は、未（いま）だその正体さえも不明なのだった。

「〈女神〉の預言を疾（と）く遂行せよ。終末の日は近い」

「〈虚無転界（ヴォイド・シフト）〉は為り、扉は開かれた――」

「勇者の生まれし、いにしえの王国で、虚無の王が目覚めるだろう」

――〈女神〉の遺（のこ）した、三百に及ぶ預言。その一節。

勇者の生まれし、いにしえの王国とは――旧〈ログナス王国〉のこと。

その地に眠る強大な存在が、新たな〈ヴォイド〉として復活する。

しかし――

「預言の遂行は、王国の守護者によって阻(はば)まれてきた」

「左様、手のとどく場所にありながら、決して触れることのできぬ果実だった」

「だが、今こそ時は満ちた。人の生み出せし〈女神〉が、王国の門を開くだろう」

「〈女神〉の意思を。虚無による世界の再生を」

響きわたる声と共に――

無数の〈眼(め)〉はひとつ、ひとつ、その姿を消してゆく。

「――仰せのままに、偉大なる亡者達よ」

やがて、すべての〈眼〉が消滅し、大空洞は完全な闇に包まれた。

◆

青年司祭の眼前に、真っ白な壁と簡素な祭壇があった。

荘厳なステンドグラスごしに、極彩色の光が射(さ)し込んでいる。

〈帝都〉中央統制区(セントラル・ガーデン)――〈人類教会〉の聖堂。

〈虚無世界〉の〈次元城〉へ繋がる、〈門〉の一つだ。

「──〈女神〉の預言、か」

ネファケスは、ゆっくりと立ち上がると、皮肉めいた笑みを浮かべた。

「世界はすでに、あの御方の未来視とは異なる運命を歩んでいるのですがね──」

振り向くと、聖堂の椅子に、一人の男が座っていた。

鷲のような眼をした老人だ。

「お待たせしました、ディンフロード総督」

青年司祭は笑顔を浮かべたまま、両手をひろげてみせた。

「罪の告白を？」

「誰が罪を許すのだ。過去に失われた神々かね？」

と、老人は眼を合わせることなく呟く。

「罪を許す神も、罰する神も、この世界には存在しない。もし、存在するのであれば、わたしは地獄の業火に焼かれているはずだ」

「たしかに、そうかもしれませんね」

ネファケスは肩をすくめた。

「──息子を殺した」

不意に、老人はそんなことを口にした。

「フィンゼル・フィレットを？」

「ああ、瀕死（ひんし）ではあったが、わたしの力を使えば、蘇生（そせい）させることは容易だった。だが、殺した。殺して、虚無に蝕（むしば）まれたその魂を、我が糧とした」

老人は無感情に、淡々と告げた。

「おぞましい罪だ。だが、その罪でさえ、わたしのこれまで行ってきたこと、これから行うことに比べれば、些細（ささい）なことだろう」

「たしかに、あなたが人であれば、その行いは罪とされるのでしょう。ですが、あなたはすでに人ではない。虚無の〈女神〉の祝福を受けた、〈使徒（アポストル）〉だ――」

「そうだ、わたしはすでに怪物となった。お前たちと同じ、怪物にな」

老人は椅子から立ち上がると、司祭の前に片手を差し出した。

その掌（てのひら）の中心に、細かな光の粒子が集まり、人の姿を象（かたど）りはじめた。

「〈疑似女神創造〉――フィンゼルは、最後に見事な働きをした」

翼を備えた、美しい少女の姿へ――

「〈女神〉の魂の欠片（かけら）より生み出されし、〈人造精霊（アーティフィシャル・エレメンタル）〉――その完成形だ」

「素晴らしい。あなたたち人間の妄執には、敬意を覚えます」

「契約は果たしたぞ、司祭よ」

「ええ、わかっておりますよ」

と、精霊の少女に触れつつ、ネファケスは頷（うなず）く。

「──あなたの妻、フィリア・フィレットは、〈女神〉の奇跡によって甦（よみがえ）るでしょう」

◆

メキッ、メキメキメキメキメキッ──！

巨大な鋼鉄の塊が、瘴気（しょうき）に満ちた〈精霊の森〉を蹂躙（じゅうりん）する。

無限軌道が湿地を乗り越え、フロント部分に装備された魔導ブレードが、ねじくれた木の根をバターのように焼き切っていく。

戦闘車両（バトル・ヴィークル）〈サンダーボルト〉は、装備をカスタマイズすることで、市街での運用だけでなく、極地での対〈ヴォイド〉戦闘にも対応できるよう設計されている。

動力炉の魔力を熱に変換するブレードは、レオニスの取り付けたカスタム装備だ。

（……カッコイイという理由で取り付けたが、思いのほか役に立ったな）

揺れる後部シートに座ったレオニスは、胸中で満足げに呟（つぶや）いた。

森の中を無理矢理（むりやり）走破しているため、さすがに、乗り心地はよくないが。

「大型の戦闘車両を操縦するのなんて、久し振りです。楽しいですね♪」

レギーナが操縦桿（そうじゅうかん）を握りながら鼻歌を歌う。

〈サンダーボルト〉の操縦システムは、操縦者の指先に宿ったわずかな魔力を感知し、動きを反映させるものだ。

（……〈ゴーレム〉の操作と似た理論だが、術者の練度に関係なく動かせるのだな）

あらためて、この時代の魔導技術には驚かされる。

先日、アレクシオスに聞いた話では、この魔導技術の異様な進化は、人類に〈聖剣〉の力を与えた、星の声によるものだというが。

（星の声、か……）

ふと――

『――約束を果たしに来てくれたんだね、レオニス』

また、あの時に聞こえた彼女の声が、脳裏に甦(よみがえ)った。

――幻聴、とは思えない。以前、〈異界の魔王〉の引き起こした次元転移に巻き込まれた時も、彼女の声が聞こえたのだ。

『……来てくれた、愛(いと)し子……

……約束――守って、くれた……』

――と。

その声に導かれ、向かった場所には、〈獣王〉ガゾス＝ヘルビーストの要塞、〈鉄血城(アイゼン・フォート)〉の廃墟(はいきょ)があり、その地下に〈女神〉の祭殿があった。

（なぜ、転生したはずの〈女神〉の声が、あの祭殿から聞こえたのか……）

レオニスは、自身の左腕に眼を落とした。

あのクリスタルの祭壇に触れた途端、虚無の瘴気が溢れ、左腕を覆った。

そのときから、レオニスに目覚めた〈聖剣〉は、呼び出せなくなってしまったのだ。

「レオ君、どうしたの？」

と、シートの横に座るリーセリアが、心配そうに顔を覗き込んできた。

「いえ、少し酔ってしまって……」

「ええっ、大丈夫？」

リーセリアはレオニスの背中に手をまわし、背中をさすってくれる。

「いえ、平気です。少しだけなので」

「結構、揺れますからね。湿地を抜けるまでは我慢してください」

操縦桿を握りつつ、レギーナが後部シートを振り返る。

「……そういえば、咲耶は、大丈夫です？」

と、今度はマイクを使い、車外に向けて声をかけた。

「ああ、ぜんぜん平気だよ」

咲耶は、後部にある貨物スペースに座り、〈雷切丸〉の刃を磨いていた。

森の中での〈ヴォイド〉の奇襲を警戒しているのだ。

「〈聖剣〉の刃を磨くのって、意味あるんですかね」

レオニスがリーセリアに訊ねると、

「うーん、ないと思うわ。そもそも刃こぼれとかしないし」

「……ですよね」

……まあ、気分の問題なのだろう。

「そろそろ、日が陰ってきたわ」

「ええ、完全に夜になる前に、森を抜けたいですね」

「フィーネ先輩、きっと心配してるでしょうね……」

リーセリアは、強化ガラスの窓の外を眺め、ぽつりと呟いた。

この虚無世界では、通信端末はもちろん使えない。

シャトレスの部隊が無事に〈帝都〉に戻れば、レオニスたちが裂け目の向こう側の世界にいることはわかるだろうが、少なくとも一日はかかるだろう。

(……エルフィーネがいれば、いろいろ助かったのだがな)

レオニスが、そんなことを考えていると——

「あ、レオ君。疲れたら、寝てていいのよ」

と、リーセリアが振り返って微笑む。

「……そうですね、少し、眠いかもしれません」

レオニスは正直に答えた。

いかに十歳の身体とはいえ、まだ眠るような時間ではないのだが、やはり、〈ダーインスレイヴ〉を使った反動はさすがに大きく、肉体は疲労の限界を迎えていた。

「はい、どうぞ」

リーセリアがぽんぽん、とスカートを叩く。

「……？」

「膝枕、してあげる。横になって」

「い、いいですよ！」

「遠慮しなくていいの、ほら――」

「わっ！」

車体の振動に合わせ、リーセリアはレオニスの肩を掴んで引き寄せた。

そのまま、ふとももの上に頭をのせ、髪をなではじめる。

「少年、せっかくですし、お嬢様のふとももをたっぷり堪能するといいですよ」

「もう、レギーナってば……」

唇をとがらせるリーセリア。

「レオ君、気にしないでね。わたし膝枕、けっこう好きだから」

「は、はあ……」

ふとももの柔らかな感触にドキドキしつつ、小声で答えるレオニス。

正直、心地よくて、このまま本当に眠ってしまいそうだ。

(くっ、やはり度しがたい、この肉体は……)

レオニスが微睡(まどろ)みに身を任せそうになった、その時だ。

「——レギーナ先輩、そのまま速度を上げて」

と、貨物スペースの咲耶(さくや)が静かに立ち上がり、鋭い声を発した。

「どうしたんです?」

「——敵だ」

瞬間。轟音(ごうおん)と共に、戦闘車両(バトル・ヴィークル)の車体が大きく揺れた。

◆

ズオオオオオオオオオンッ!

「ふあああああっ!」

操縦席のレギーナが悲鳴を上げる。

リーセリアは、咄嗟(とっさ)にレオニスの頭を抱えて抱きしめた。

「レオ君、大丈夫!?」

「え、ええ……」

ふよんっ、と柔らかい胸に顔をうずめ、思わずドキドキしてしまう。

「お嬢様、敵影多数発見。一体、いつの間に――」

車内に搭載した魔力測定計(マナ・スケール)を見て、レギーナが叫んだ。

窓の外に眼(め)をやれば、木々の梢(こずえ)の中に、複数の黒い影が見える。

「飛行型の中型〈ヴォイド〉。ワイヴァーン型に似てるわね」
■■■■■■■ッ――!
ワイヴァーン型〈ヴォイド〉の群れが咆哮(ほうこう)し、同時に火球を放ってくる。

「少年、セリアお嬢様、しっかり掴(つか)まっててください――ねっ!」

〈サンダーボルト〉の動力炉が唸(うな)りを上げ、速度を増した。

無限軌道が軋(きし)みを上げ、ブレードが木々を乱暴に薙(な)ぎ倒す。

ズオンッ、ズオンッ、ズオオオオオオオンッ!

湿地の泥が弾(はじ)け、車体が大きく跳ね上がった。

レオニスを抱きしめるリーセリアの腕が、ぎゅっと締まる。

「セ、セリアさ……」

「完全に囲まれてるね――」

と、外の咲耶が落ち着いた声で告げた。

激しく揺れる戦闘車両(バトル・ヴィークル)の上で、平然と立っている。

雷を纏(まと)う〈雷切丸(らいきりまる)〉の権能で、鉄の車体に自分の身体(からだ)を固定しているのだ。

「……っ、やられっぱなしじゃ、ありませんよ！」

レギーナが安全装置を解除し、トリガーを引く。

バラララララララッ！

〈サンダーボルト〉の上部に装備された、虚獣用対空35㎜機関砲が火を噴いた。

舞い散る火花。

——が、貫通弾は〈ヴォイド〉の装甲のような鱗(うろこ)に弾(はじ)かれてしまう。

「……っ、中型〈ヴォイド〉には通常兵器なんて、豆鉄砲ですか」

「レギーナ、わたしが出るわ」

「お嬢様、任せました！」

戦闘車両の天井が開き、オープンになった。

本格的な対〈ヴォイド〉戦闘では、分厚い装甲などほとんど役に立たない。

搭乗した〈聖剣士〉を、素早く展開するための機能だ。

「レオ君、わたしの後ろにいてね」

リーセリアがシートの上で立ち上がる。

輝く白銀の髪が、風に煽(あお)られてはためいた。

（……眷属の成長を見るいい機会か）

レオニスはおとなしくシートの下に隠れる。

雑魚を掃討するのは造作もないが、〈ダーインスレイヴ〉を使った直後の今は少しの魔力も節約したい。

「来るよ、先輩！」

咲耶が鋭く叫んだ。

ワイヴァーン型〈ヴォイド〉が不気味な翼を広げ、次々と滑空してくる。

「飛んで火に入るなんとやら、だ――」

ギイイイイインッ！

真っ直ぐに突っ込んできた、〈ヴォイド〉の巨体を――

咲耶の〈雷切丸〉が、両断した。

左右に分かれた胴体が、森の木々をメキメキと薙ぎ倒す。

「〈聖剣〉アクティベート――〈誓約の魔血剣〉！」

リーセリアが〈聖剣〉を顕現させた。

薄闇の中に、真紅の刃が禍々しく輝く。

「先輩、頼む。飛んでる奴は、ちょっと苦手なんだ」

「任せてっ！」

リーセリアが、〈誓約の魔血剣〉を頭上に構えた。
■■■■■■■■■■ッ――！
咆哮を上げ、飛来してくる〈ヴォイド〉めがけ、刃を振り下ろす。

「――〈破魔血風斬〉！」

魔力を帯びた血の刃が、弧を描く無数の鎌となって放たれた。

鋭い風鳴りの音が、大気を震わせ――

ワイヴァーン型〈ヴォイド〉の翼を斬り飛ばす。

ズンッ、ズンッ、ズウウウウウウウンッ――！

一瞬で翼を失い、次々と地面に落下する巨大な体躯。

「飛び道具？　先輩、そんな秘剣を隠していたのか……」

咲耶が驚きに眼を見開く。

「実戦で試すのは初めてよ――」

頷いて、リーセリアは〈誓約の魔血剣〉を再び構えた。

「威力の調整が難しいから、〈聖剣剣舞祭〉では使えなかったの」

地上に墜とされたワイヴァーン型〈ヴォイド〉が、即座に起き上がった。

通常の生物であれば、戦闘不能になるところだが、〈ヴォイド〉はそうではない。

口腔を裂けるほどに開き、灼熱の火球を放ってくる。

「レギーナ、避けて！」

「む、無茶言わないでください、お嬢様！」

……さすがに、戦闘車両の機動力で回避するのは無理だろう。

（少しくらいは手助けするか……）

せっかく手に入れた〈サンダーボルト〉が壊れるのは悲しい。

レオニスも後部座席から身を乗り出し、障壁呪文を唱えようとする。

と——

「我が意思、我が血を以て、我を守る千の剣となれ——」

（……なに？）

頭上で、透き通った詠唱の声が聞こえた。

リーセリアの白銀の髪が、ほのかな魔力の光を放ち、ふわりとひろがる。

「——〈鏖殺血界〉！」

地面に撒かれた血が、無数の棘となり、飛来する火球めがけて射出される。

ズドオオオオオオンッ！

轟音。撃ち落とされた火球が誘爆し、炎が荒れ狂った。

（……〈死の領域〉の第二階梯魔術を、吸血鬼の操血の力でアレンジしたのか！）

レオニスは眼を瞠る。

眷属（けんぞく）の少女は、最強種たる〈吸血鬼の女王（ヴァインパイア・クイーン）〉の力に、本格的に覚醒しつつあるようだ。

「ええっ、今度はなんです⁉」

と、その時。レギーナが声を上げた。

ズンッ——！

突然、戦闘車両（バトル・ヴィークル）の走行が止まり、レオニスはガクンとつんのめる。

「きゃあっ！」

バランスを崩したリーセリアが、シートの上に落ちてきた。

「セリアさん⁉」

受け止めようとして、そのまま押し倒されてしまう。

「……っ、な、なにが——」

前方を振り向くと——

四本の腕を持つ人型の〈ヴォイド〉が、戦闘車両の前に立ちはだかっていた。

全長、五、六メルトはあるだろうか。

岩山のような巨人は、赤熱化した魔導ブレードを平然と掴（つか）むと、〈サンダーボルト〉の車体を軽々と持ち上げた。

「な、なにをする気です⁉」

「まさか——」

「先輩、早く降りたほうがいい」

「無茶言わないで！」

雷を纏って跳躍する咲耶に、今度はリーセリアがつっこむ。
■■■■■■■■■ッ――！
巨人型〈ヴォイド〉が咆哮を上げ、〈サンダーボルト〉を地面に叩きつける。

「レオ君!?」

ズオオオオオオオオンッ！

舞い上がる土砂。巨大な鋼鉄の塊が、大きく跳ね上がって湿地に沈んだ。

「……っ、二人とも、大丈夫……？」

「ええ、平気です」

「死ぬかと思いました……」

リーセリアが、レオニスとレギーナの襟首を掴んで、タッと着地する。

彼女の背中に現れた魔力の翼が、ふっと消失した。

（……～っ、貴重な〈魔王軍〉の戦闘車両が！）

レオニスの顔がひきつった。

……これは、あとでシャーリにお小言を言われるに違いない。

（おのれ、雑魚の分際で……）

レオニスの放った、わずかな殺気に――

恐怖を感じないはずの〈ヴォイド〉が、凍り付いたように動けなくなる。

――と、その刹那。

「絶刀技――〈斬月閃〉！」

闇の中から咲耶が姿を現し――

雷火を纏う斬撃が、巨人型〈ヴォイド〉の腕を斬り飛ばした。

「――咲耶、まだよ！」

「……っ!?」

リーセリアが警告の声を発する。

斬り飛ばしたはずの腕はしかし、地面を跳ね、咲耶に襲いかかった。

「面妖だね――」

地面を蹴り、咲耶は腕の攻撃を回避する。

振り向きざま、巨人の脚に一閃、斬撃を加えた。

「ダンスは得意かい？」
■■■■■■■■ッ――！
連続で繰り出される〈ヴォイド〉の攻撃をたくみに捌きつつ、咲耶は剣を振るう。

バチバチと雷火が爆ぜ、まるで彼女自身が雷光の化身になったかのようだ。

「咲耶――」

リーセリアは〈誓約の魔血剣（ブラッディ・ソード）〉を構えつつ、背後に視線を向けた。

翼を失ったワイヴァーン型〈ヴォイド〉が、蛇のようにのたうち、突進してくる。

「レギーナ、あっちはお願い」

「お任せください、〈聖剣〉アクティベート――〈第四號竜滅重砲（ドラゴン・スレイヤー）〉！」

レギーナは不敵に微笑（ほほえ）むと、キャノン砲型の〈聖剣〉を招来した。

砲口に灼熱（しゃくねつ）の閃光（せんこう）が生まれ――

「消し飛べえええええええええっ！」

ズオオオオオオオオンッ！

超高火力の火砲が、地を這（は）うワイヴァーン型の群れに着弾、巨大な火柱が上がる。

レオニスの時代の第四階梯（かいてい）魔術〈爆閃雷轟（ラグ・イラ）〉にも匹敵する威力だ。

ズオンッ、ズオンッ、ズオンッ！

連続する爆発と閃光。迫り来る中型〈ヴォイド〉が次々と消滅する。

――と、その間に。

リーセリアは咲耶と交戦中の巨人型〈ヴォイド〉めがけて斬り込んでいる。

「はああああああああっ！」

〈誓約の魔血剣〉の剣尖（けんせん）に、無数の血の刃（やいば）が収束し、螺旋（らせん）が生まれた。

「――〈血華螺旋剣舞〉！」

刺し穿つ螺旋の刃が、巨人型〈ヴォイド〉の胸部装甲を抉る。

――が、巨人型〈ヴォイド〉は倒れない。かなりタフな個体のようだ。

背中から生えた腕が、リーセリアめがけて振り下ろされる。

「させないよ――」

刹那。剣閃が奔り、巨人の腕が飛んだ。

紫電一閃。返す刀で、咲耶は首を斬りつける。

「――これで、終わりよ！」

リーセリアが、更に踏み込んだ。

〈吸血鬼の女王〉の魔力が溢れ、真紅の光がほとばしる。

ギャリリリリリリリリッ！

■■■■ッ■■■■■ッ――！

〈ヴォイド〉の放つ断末魔の咆哮が、大気をビリビリと震わせた。

そして――

胸部に突き込んだ〈聖剣〉が、爆ぜる。

巨人の体内で血の刃が暴れ狂い、〈ヴォイド〉の巨躯は粉々に消し飛んだ。

「はあっ、はあっ、はあっ――」

そのまま、リーセリアは地面に膝をつく。

（……これは、予想以上だな）

眷属の少女の圧倒的な成長に、レオニスは胸中でほくそ笑む。

第二階梯の魔術をアレンジした上、〈真祖のドレス〉の力を解放することなく、大型の〈ヴォイド〉を倒してみせた。

不死者の力を得て、わずか数ヶ月でこの成長だ。

（……今のリーセリアなら、あれを渡してもかまわぬだろう）

ふと、レオニスは空を振り仰いだ。

数体のワイヴァーン型の〈ヴォイド〉が、空を旋回している。

獲物が力を使い果たしたところを、狙っているようだ。

リーセリアたちは、まだ気付いていない。

「ハイエナめ。まあ、塵掃除くらいはしてやろう」

レオニスは、空を見上げたまま〈封罪の魔杖〉をかかげ、

「――〈死ね〉」

第四階梯の即死呪文を唱える。

瞬間。ワイヴァーン型〈ヴォイド〉の群れは、音もなく虚空に消滅した。

「だ、大丈夫ですか？」

それから、なにくわぬ顔で、リーセリアのもとへ駆け寄った。

「うん、大丈夫よ。レオ君こそ、怪我(けが)はない？」

「はい、それよりも……」

と、レオニスは投げ出された〈サンダーボルト〉に眼(め)をやった。

「あれ、まだ走りますかね？」

フロントの魔導ブレードはひしゃげ、装甲は無惨にへこんでいる。

「なんてことありませんよ、対〈ヴォイド〉戦用の軍用車両ですからね」

と、戻って来たレギーナが言った。

「レオ君、これ、ひっくり返せる？」

「一度、影の中に沈めて、また呼び出しましょう」

無論、重力魔術でひっくり返すのは容易(たやす)いが、あまり力を見せるのもよくない。

〈サンダーボルト〉の巨大な車体が、ズブズブと影の中に沈む。

「日が暮れてきたね。先を急ごう」

言って、咲耶(さくや)は〈雷切丸(らいきりまる)〉を虚空(こくう)に消した。

◆

「――おのれ、おのれおのれおのれおのれ、あの化け物めえええええっ！」

無限に続く影の回廊を、どろりとした黒い汚泥が這(は)い進んでいる。

「〈精霊王〉――エルミスティーガ。あれを復活させるために、どれだけの〈魔剣〉を喰(く)わせたと思うておるのじゃあああああ！」

醜くわめく声は、影の壁に反響し、殷々(いんいん)と響きわたる。

〈影の女王〉――シェーラザッド・シャドウクイーン。

エリュシオン学院を拠点とし、〈聖剣士〉を攫(さら)った〈影の王国(レルム・オヴ・シャドウ)〉の主(あるじ)は、〈不死者の魔王〉にあえなく返り討ちにされ、みじめな敗走を続けていた。

周到に重ねた罠(わな)を力任せに踏み破られたばかりか、〈魔王〉に匹敵する力を持つとされる、いにしえの〈精霊王〉さえ倒された。

すべてを失った女王は、全身全霊で〈魔王〉から逃走するよりほかにない。

「――まだだ。ふたたび時を待てば、奴(やつ)を滅ぼす機会は巡ってこよう」

あの憎たらしい子供の正体が、かつて、彼女の支配する〈影の王国〉を簒奪(さんだつ)した、〈不死者の魔王〉――レオニス・デス・マグナスであることは判明した。

なぜ、かの魔王があのような形で復活し、人類に肩入れしているのかは不明だが。

(――この情報、〈使徒(アポストル)〉に報告しなければ)

〈使徒(アポストル)〉の遂行する〈女神〉の預言には、ズレが生じつつある。

そのひとつが、魔王の復活に関することだ。

〈不死者の魔王〉は、〈死都(ネクロゾア)〉の遺跡で、虚無の化け物としてよみがえるはずだった。

しかし、最強の魔王の魂は、そこには存在しなかった。

（よもや、すでに転生していようとは……）

汚泥の中に浮き上がった眼(め)に、激しい憎悪の炎をともす。

全盛期の力には及ばぬようだが、彼女の力では到底、太刀(たち)打ちできない。

今の彼女に出来るのは、逃げ延びて、〈女神の使徒〉どもの助力を乞うことだけだ。

「……いかに魔王といえど、妾(わらわ)の影の中までは追ってこれまい」

「――ああ、我が友の手をわずらわせるまでもない」

「なっ!?」

回廊に響きわたった、その声に――

闇の汚泥が、這(は)い進むのを止(や)めた。

回廊の先に、黒々とした影がわだかまっていた。

黄金色の瞳を爛々(らんらん)と輝かせる、黒狼(こくろう)の影。

ブラッカス・シャドウプリンスが、汚泥を鋭く見下ろしていた。

「――っ、貴様、簒奪(さんだつ)者ああああ！」

汚泥の眼がぎょろりと蠢(うごめ)き、影の刃(やいば)を放った。

——が、黒狼は顎門を大きく開き、その牙で影の刃を貪り食う。

「そう何度も、同じ手を喰うと思わぬことだ」

「……ぐ、う……！」

ブラッカスは影の刃を噛み砕き、ふっと勢いよく吐き出した。

割れ砕けた刃の破片が、闇の汚泥を繋ぎ止めるように突き立った。

「あ、あああああっ、お、おのれえええええっ……！」

レオニスに痛めつけられ、もはや戦うだけの力は残っていない。

自身の影を引きちぎり、這いずって逃げようとする〈影の女王〉——

が、ブラッカスは即座に跳躍し、影を前脚でぐちゃりと踏みつけた。

「動くな。ここでは処刑せぬ。マグナス殿のもとに引き立てる」

〈不死者の魔王〉の名を口にした途端、汚泥が恐怖に震え上がった。

「シェーラザッド、貴様の目的はなんだ？　人類の都市で、なにをしようとしていた？」

ブラッカスが低く、唸るように問う。

「呵々、知れたこと。貴様らに簒奪された〈影の王国〉を、ふたたび妾の手に——」

「——それだけではあるまい」

ブラッカスの爪が、汚泥を斬り裂いた。

「……っ、お……のれ、簒奪者——め、えええええ……」

無様に暴れ回る〈影の女王〉を、ブラッカスは冷静に押さえつける。

「いま一度問う。お前の――否、お前達の目的はなんだ？」

「く、くく……く――」

嘲笑うような哄笑が、〈影の回廊〉に響きわたった。

「――誰も、〈女神〉の声からは逃れられ、ぬ……」

「なに？」

それは、ブラッカスの問いに対する答えではなかったが、思わず訊き返した。

〈影の女王〉は、のたうちながら、繰りごとのようにわめく。

「妾も、人類も、貴様も――〈不死者の魔王〉でさえも、〈女神〉の呼び声には抗えぬ。

すべては星の福音たる虚無に呑まれ、れれ、れれれれれれれれ……――」

「……っ⁉」

〈影の女王〉の様子が、おかしい。

汚泥の中に現れた眼が、無数のまばたきを繰り返し、影が沸騰する。

「シェーラザッド、貴様っ――！」

沸騰する影が、ブラッカスの前脚を搦め捕り、黒狼の全身を呑み込んだ。

――次の瞬間。

ズオオオオオオオオオオオンッ！

影は、周囲の空間を巻き込んで、破裂した。

「……っ、自死を選んだ、だと？　あの〈影の女王〉が？」

半身をどろりと溶かしたブラッカスは、片脚で立ちつつ、唸るように呟く。

シェーラザッド・シャドウクイーン。

ブラッカスの宿敵は、完全に、跡形もなく消えていた。

「――潔く散ることを考えるような女では、なかったはずだが」

それほどまでに、〈不死者の魔王〉を恐れたのだろうか――？

「〈女神〉の呼び声……」

女王が、末期に口にしたその言葉が、まだ回廊に残響しているような気がした。

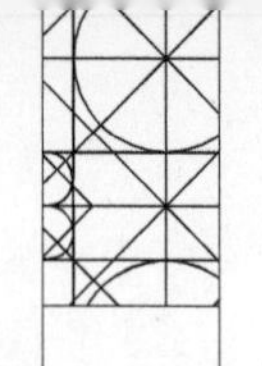

第三章　重なる世界

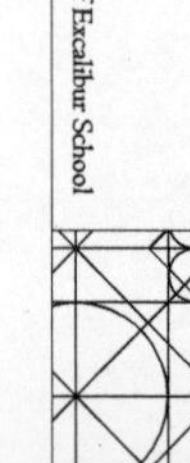
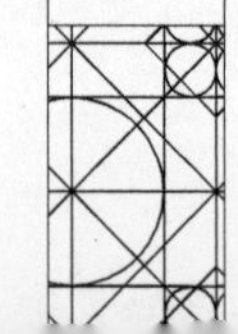

——陽(ひ)が落ちて、夜になった。

〈精霊の森〉を抜けると、無数の奇岩の屹立(きつりつ)する荒野に出た。

装甲のへこんだ戦闘車両(バトル・ヴィークル)は、激しい土煙を立て、果ての見えない荒れ地を走破する。

「日照時間は、わたしたちの世界とほとんど同じようね」

後部シートに座るリーセリアが、端末をタップしつつ呟(つぶや)いた。

先ほどの〈ヴォイド〉との戦闘記録に加え、周辺のマップデータなど、〈管理局〉に提出するデータをまとめているのだ。

「お嬢様、このあたりで休息しましょう。夜間の行軍は危険かと」

「……そうね」

リーセリアはデータを入力した端末をしまい、窓の外に視線を向けた。

「けど、ここは見通しがよすぎるわね。安全とは言えないわ」

「安全な場所なんてないですよ。〈ヴォイド〉の支配する未知の世界なんですから」

レギーナの答えに、それもそうね、と納得する。

「あそこに、大きな岩がありますよ」

と、レオニスが、蛇のようにねじくれた巨大な奇岩を指差した。

「あそこなら、ちょっとした風よけにはなりますね。そうしましょう」

……戦闘車両を奇岩の岩陰に停車させ、キャンプの準備をはじめた。

車内にあった魔力灯の棒を地面に突き立て、光源を確保する。目立つことにはなるが、どのみち、神出鬼没の〈ヴォイド〉相手に、隠密偽装の類は意味があるまい。

（……一応、あたりを見張らせておくか）

リーセリアたちが簡易テントを組み立てている中、レオニスは岩陰で三体の〈スケルトン・ハウンド〉を召喚し、闇の中に走らせた。

破壊された瞬間、レオニスにそのことが伝わるようになっている。

「少年、こんなところで、なにをしているんだい？」

「……!?」

不意に、背後から声をかけられ、レオニスはあわてて振り向く。

「咲耶さんこそ、なにをしてるんです？」

咲耶は、なにやら陶器の小瓶のようなものを手にしていた。

「ふふ、これかい？　これは〈桜蘭〉に伝わる結界術の触媒さ」

「結界術？」

「白砂で結界方陣を描くと、悪しきものを寄せ付けないとされているんだ。まあ、虚無の化け物どもにも効果があるかは、わからないけどね」

（……ふむ、俺の知る結界術とは違うようだが）

レオニスは胸中で小首を傾(かし)げた。彼女の砂にもとくに魔力は感じられない。

ただ、〈桜蘭(おうらん)〉の民は、魔術とは体系の異なる不思議な力を使うと、以前、ブラッカスから報告を受けたことがある。

あるいは、レギーナやシャトレスが、古代の精霊使いの血を引いているように、〈桜蘭〉の民も、なにか古代の力を継承しているのかもしれない。

「咲耶(さくや)ー、遊んでないで、こっちを手伝ってください」

「あ、遊んでるわけじゃないよっ！」

岩の向こうで呼びかけるレギーナの声に、咲耶はむっと頬(ほお)を膨らませた。

「——夕ご飯にしましょう」

車両のほうに戻ると、リーセリアが、レーションと水の箱を抱えてきた。

魔導灯の棒を中心に、車座になって座る。

「レーションだけじゃ、味気ないですけど、しょうがないですね」

缶詰を開けながら、レギーナが肩をすくめる。

「調味料と、料理の材料なら、少しはありますよ」

「ほんとですか、少年？」

「ええ、少し待ってください」

レオニスは自身の影を少し拡張し、〈宝物庫〉から、大きな絨毯(じゅうたん)を取り出した。

ヒドラの皮を鞣(なめ)した、どこかの王国の宝だ。

広げた絨毯の上に、塩や胡椒(こしょう)、野菜、肉、パスタ、小麦粉、フライパンや鍋などの調理器具を次々と並べる。

〈影の王国(レルム・オヴ・シャドウ)〉の中と外では、時間の流れが異なるので、素材はまだ新鮮なままだ。

「少年の聖剣は便利ですねー」

フライパンを手にしたレギーナが、驚きに目をみはった。

「それほど多くは入りませんけどね」

レオニスはしれっと嘘(うそ)をつく。

まさか、〈影の王国〉が、まるごと亡命しているとは思うまい。

「ちょっと、入ってみていいです？」

「え？　だ、だめです！」

影の中にとぷん、と足の先を入れるレギーナ。

レオニスはあわてて〈影の王国〉の門を閉じるのだった。

レギーナは簡易コンロを使って、簡単な料理を作ってくれた。

オニオンスープに、チーズのガレット。半熟の目玉焼き。温野菜のサラダ。

どの料理も簡素ながら、レギーナのひと手間が加わっている。

「やっぱり、温かいものが食べられるって、いいわね」

「そうですね」

湯気のたつオニオンスープに、パンのかけらをひたしつつ、頷(うなず)くレオニス。

「調理器具があって助かりました。少年のおかげですよ」

「ボクも、学院で料理の特別講義を受けてみようかな」

「そういえば、咲耶(さくや)さんは、料理はするんですか？」

ふと気になって、レオニスは訊(たず)ねた。

この剣客の少女は、なんとなく、料理とは縁遠いイメージがある。

「ふふ、そういえば、少年にはボクの手料理を食べさせたことはなかったね」

「咲耶の料理は、その、独特で……そう、独特なのよ！」

「そ、そうですね。なんというか、ストイックですよねー」

口を揃(そろ)えるリーセリアとレギーナに、

「はあ……」

と、首を傾(かし)げるレオニスだった。

……と、そんなこんなで。

満足度の高い食事をとり、一服しているレオニスに、

「少年、食後のマッサージをしてあげましょう」

レギーナが手をわきわきさせつつ言ってくる。

「い、いいですよ、肩こりなんてありませんし……」

「はいはい、子供が遠慮しないでください、わかってるんですよ」

「わかってるって、何を――わっ！」

レギーナにえいっと腕を掴まれ、絨毯の上に転がされた。

うつ伏せになった首もとを、ぎゅーっとつかまれる。

「……っ、ん……！」

思わず、魔王にあるまじき、変な声が出てしまった。

「あー、やっぱり、ですねー」

もみもみ、と首のうしろを掴みながら、呟くレギーナ。

「な、なにが……ですか……くっ……♪」

「森の中で、〈ヴォイド〉と戦闘した時に気付いたんです。なにをしたのか知りませんけど、全身の筋肉が固まっちゃってますよ」

「……」

……どうやら、〈ダーインスレイヴ〉を使った反動を見抜かれていたらしい。

〈魔剣〉を抜いている間は、勇者時代の剣技の記憶が戻るため、今の十歳の子供の肉体とのギャップで、激しい筋肉痛に襲われるのだ。

レギーナのテクニカルな指先が、首から肩、背中へとおりていく。

全身がほぐされていくような気持ちよさに、抗(あらが)うことができない。

「ふふー、逃げられませんよ。制服も邪魔なので、脱いじゃってください♪」

「え、ちょ……レギーナさん!?」

レオニスはジタバタ暴れるが、まな板の上の魚だ。

あっというまに上着を脱がされ、シャツも剥(は)ぎ取られてしまう。

「大丈夫よ、レオ君。レギーナはマッサージ師の資格を取得しているのよ」

「そ、そうなんですか？」

「メイドの嗜(たしな)みです」

レギーナは、レオニスの腰に馬乗りになった。

ほどよく心地のよい重さがのしかかる。

「はい、ゆーっくり息を吐いて、力を抜いてくださいね、少年♪」

繊細な指先が、素肌をすべり、肩甲骨の隙間に押しあてられる。

「……んっ……ふぁ……」

こわばった筋肉のほぐれる感覚に、思わず、また変な声を出してしまった。

（くっ、度しがたい……）

悔しい表情を浮かべつつも、彼女の指先に身をゆだねてしまうレオニスだった。

◆

「……やっぱり、出ないわね」

端末の画面に眼を落とし、エルフィーネは不安げに呟いた。

〈天眼の宝珠〉で、〈エリュシオン学院〉周辺の監視カメラにアクセスすると、リーセリア、レギーナ、レオニスの姿が確認された。

レオニスは、なぜかメイドの姿をしていたが、理由はよくわからない。

（……レギーナの悪戯かしらね）

なんにせよ、三人とはいまだ連絡がつかない状態だ。

〈聖剣学院〉にも確認してみたが、〈フレースヴェルグ寮〉はもぬけの空だという。

「咲耶もいないみたいだし……」

もっとも、咲耶と連絡がつかなくなるのは、珍しいことではない。

彼女のほうは、それほど心配する必要はないだろう。

（やっぱり、例の大量失踪事件に巻き込まれたと、考えるべきでしょうね……）

〈管理局〉の報告によれば、リーセリアたちをお茶会に招いた、第三王女のシャトレス・

レイ・オルティリーゼも行方不明だという。

準一級の秘匿事項であるため、この件に関しての情報を外部に漏らすことは禁止されている。〈騎士団〉の中でも、把握しているのはまだごく一部だ。

〈聖剣士〉の大量失踪、更に第三王女までが行方不明となれば、〈帝都〉の市民の不安はますます募り、混乱を来すだろう。

もし、〈ヴォイド〉の裂け目の向こう側に連れ去られたのだとしたら——

(……どうすればいいの?)

エルフィーネは唇を噛む。

裂け目の向こう側のことは、まったくわからない状態だ。

濃密な瘴気に阻まれ、観測機器が投入できない。

強大な〈ヴォイド〉が出現する可能性もある。

調査団の派遣は決まっているが、まだ時間がかかるだろう。

今の彼女にできるのは、〈聖剣〉を使い、全力で捜索することだけだ。

(彼がいれば、大丈夫、よね……)

……〈聖剣剣舞祭〉では、とりたてて注目されなかった、十歳の少年。

だが、エルフィーネは、彼の本当の実力を知っている。

(——彼なら、きっと、後輩たちを守ってくれるはず)

エルフィーネは祈るように、両手を重ねた。

◆

――〈虚無世界〉の夜は、静寂に満ちている。

動物はおろか、蟲の音ひとつ聞こえない。

生命の死に絶えた暗闇の中に、携行用ランタンの明かりがぽつりと灯る。

(……しかし、本当に楽になるものだな)

ひろげた絨毯の上に座り、レオニスは腕をぐるぐる回した。

体力は消耗したままだが、不思議と身体が軽くなったような気がする。

〈不死者の魔王〉であった頃は、マッサージなどとは無縁の身体であったため、あまりの心地よさに、思わず、屈辱的な声を上げてしまったレオニスであった。

「……ここはだいたい、ネスル属領のあたりか」

レオニスは端末を操作し、元の世界の地図を表示した。

帝都〈キャメロット〉周辺の大陸の地図だ。

(俺の推測が確かなら、この先にあるはずだが……)

――と、背後に、近付いてくる気配があった。

「……レオ君、まだ寝ないの？」

リーセリアだ。吸血鬼は夜目が利くので、明かりも持っていない。

「ええ、なんだか、寝付けなくて……」

声を抑えて答えるレオニス。

咲耶とレギーナは、とっくにテントの中で就寝中だ。

食事のあとの寝床決めの際、夜間の見張りは、リーセリアがすると申し出た。

あの二人は知らぬことだが、不死者の彼女は本来眠る必要がない。見張りには最適だ。

「子供はちゃんと寝ないと、成長しないわよ」

と、スカートをととのえて、レオニスの横に座る。

「眠くなったら、ちゃんと寝ますよ」

レオニスは簡易コンロの火を点け、ケトルのお湯をわかしはじめた。

「あたりには、なにもありませんでしたか？」

「うん、草木の一本も生えてなかったわ。変な砂が撒いてあったけど」

「それ、たぶん咲耶さんの結界ですよ」

「あ、そうなの？　触ってみたら、なんだか手が痺れる感じがしたわ」

眉をひそめるリーセリア。

……一応、不死者を寄せ付けないような効果はあるらしい。

「じゃあ、これは報告書に書かなくていいわね」

リーセリアは手元の端末を操作し、レポートを削除する。

その間に、レオニスはふたつのカップにココアの粉末を入れ、お湯をそそぐ。

「どうぞ」

「ありがとう」

ココアは、最近のレオニスのお気に入りの飲み物だ。

魔王らしさはコーヒーにはおよばぬものの、甘いのがいい。

レオニスがココアをふうふう冷ましていると、

「少し、背のびた？」

リーセリアが小首を傾げながら、頭にぽんと手をのせてくる。

「さあ、自分ではわかりませんけど」

「成長期かもしれないわね」

「……そうでしょうか？」

言われてみれば、この肉体は、成長しているのだろうか？

レオニスが転生してから、数ヶ月の時が流れている。

年齢を考えれば、少しは背が伸びていても、おかしくない。

「わたしはもう死んでいるから、成長は止まっちゃってるけどね」

と、リーセリアは冗談めかした口調で言う。

「……なんか、すみません」

「あ、ち、違うの！」

彼女はあわてて首を振ると、

「レオ君はわたしを助けてくれたんだし、この身体(からだ)になったおかげで、〈第〇七戦術都市(セヴンス・アサルト・ガーデン)〉を守ることができた。だから、ありがとう、レオ君」

そっと手を重ね、レオニスに微笑(ほほえ)みかける。

魔力の通っていない不死者の手は、ひんやりと心地よく冷たい。

「セリアさんは、成長してますよ」

と、レオニスは静かに口を開いた。

「〈聖剣剣舞祭〉での活躍、それに森の中での〈ヴォイド〉との戦い方、〈聖剣学院〉での対抗試合の頃とは、見違えるように強くなりました」

「そ、そうかしら……」

少し嬉(うれ)しそうにはにかむリーセリア。

「ええ、〈真祖のドレス〉も使わずに、見事なものでした」

頷いて、レオニスは懐から、鎖の付いた宝石のブローチを取り出した。

血のように赤い、真紅の宝石だ。

「今のセリアさんになら、これを渡してもいいでしょう」

「……えっと、レオ君、それは？」

蒼氷(アイスブルー)の瞳が、興味津々(しんしん)といった様子で宝石を見つめる。

「――〈竜王の血(ザ・ドラゴン・ブラッド)〉。かつて、多くの英雄たちがこれを求めて命を落とした、世界にふたつとない護符です」

レオニスは、彼女の冷たい手に、宝石を手渡した。

血のように赤い宝石が、暗闇のなかでほのかな光を放つ。

「……わたしに？」

「はい」

「い、いいの？　そんな、貴重な――」

「セリアさんに渡すよう、ヴェイラに頼まれました」

「ヴェイラさんが!?」

驚くリーセリア。

「〈シャングリラ・リゾート〉のカジノで、勝ったご褒美だそうです。なんだかんだ、彼女に気に入られたみたいですね」

〈竜王の血〉は、〈海王〉との決戦に向かう途中、ヴェイラに託された。

あの暴虐無人の〈竜王〉が、ドラゴン以外の種族を気に入ることは滅多(めった)にないし、たとえ気に入った者であっても、気まぐれで渡すようなものではない。

（……ただの宝石ではないからな）

魔力の扱いが未熟なものにとっては、かえって危険を及ぼしかねないため、レオニスもリーセリアの成長度合いを確かめるまで、渡すのに慎重になっていたのだ。

「護符として使う時は、くれぐれも注意してください。〈真祖のドレス〉と同じくらい、強大な力を秘めた魔装具ですが、それだけに扱いが難しい」

「う、うん、わかったわ。ありがとう、レオ君」

緊張した表情で、こくこく頷くリーセリア。

「お礼なら、ヴェイラに……って、セリアさん、どうしました？」

〈竜王の血〉を受け取った途端、彼女の様子に変化があらわれた。

透き通った蒼氷の瞳に、ほのかな赤い光が揺れる。

「……あ、なん、か……あ、れ……？」

頬(ほお)が紅潮し、唇から荒い吐息が零(こぼ)れる。

（……これは、魔力欠乏？）

レオニスは、彼女の手にした〈護符(アミュレット)〉に眼(め)を落とした。

……が、とくに異常はないようだ。

「レオ、く……ん……」

眼をとろん、とさせて、リーセリアが倒れかかってくる。

そのまま、地面に押し倒された。

「……セ、セリアさん？」

「レオ君の血、欲しい……の……」

頬に落ちかかる白銀の髪。耳元で聞こえる囁き声。

（……ああ、俺としたことが、迂闊だったな）

レオニスは胸中で自身を叱咤した。

考えてみれば、シェーラザッドの城に乗り込んで、影の化け物と戦い、森の中では、〈ヴォイド〉と激しい戦闘を繰り広げたのだ。

血を失い、魔力不足に陥るのも当然だ。強大な魔力を秘めた〈竜王の血〉に触れたことで、吸血衝動が抑えきれなくなったのだろう。

レギーナと咲耶がいて、タイミングもなかったし、それに——

「……だめなら、言ってね。汗で、我慢……する……から」

リーセリアは健気に、首筋をぺろっと舐めた。

（俺に遠慮していたのか……）

……ようやく、気付く。

「……っ!?」

彼女は、レオニスが〈魔剣〉を使い、魔力を消耗したことを察していた。

ゆえに、自分からは、なかなか血を吸わせて欲しいと、言い出せなかったのだろう。

(……まったく。シャーリに鈍いと言われるわけだ)

レオニスは嘆息すると、仰向けになったまま、首を彼女のほうへ傾けた。

「大丈夫ですよ、存分に吸ってください」

「……っ……いい、の……?」

「どうぞ……」

レオニスが頷くと、リーセリアは遠慮がちに犬歯を突き立てた。

「……っ!」

たしかに、消耗しているが、〈魔王〉の魔力を甘く見てもらっては困る。

眷属に分け与える程度の魔力は、一応残っている。

「……んっ……ちゅっ……はむ……」

かぷかぷと噛まれる首筋。

そのまま、レオニスは、貧血になるまで血を吸われたのだった。

……——十数分後。

「ご、ごめんね、レオ君！　途中から、あんまり記憶が——」

「だ、大丈夫……です……」

ぐったりと地面に倒れ込んだまま、レオニスは青ざめた顔で答えた。

リーセリアは恥ずかしそうに顔を伏せ、反省している様子だ。

夜の闇の中で、魔力を帯びた彼女の白銀の髪が、ほのかに輝いている。

（……こ、これだけ魔力を補給すれば、しばらくは大丈夫だろう）

レオニスはゆっくりと起き上がり、乱れたシャツの襟を直した。

冷めたココアを温めながら、ふと、上を見上げる。

虚無の世界の夜空にも、無数の星が瞬（またた）いていた。

「お父様は、星を見るのが好きだった。〈第〇三戦術都市（サード・アサルト・ガーデン）〉にある天体観測装置で、よく星を観（み）ていたわ」

レオニスの視線を追い、星を見上げたリーセリアがぽつりと呟（つぶや）く。

「……」

リーセリアの父、エドワルド・クリスタリア公爵。

あの鷹（たか）のような眼（め）をした男の顔が、レオニスの脳裏によぎった。

〈叛逆（はんぎゃく）の女神〉に仕えた〈魔王〉の一人、〈異界の魔神〉――アズラ＝イルの力を持つ男。

あれが、〈アズラ＝イル〉に器として憑依（ひょうい）されたものなのか、それとも、クリスタリア公爵としての人格を残しているのか、レオニスには判断がつかない。

あの男は、〈天空城（アズール・フォート）〉を手に入れ、なにをしようとしていたのか？

……なんにせよ、このことは、まだリーセリアには話さないほうがいいだろう。

「不思議ね。この世界にも、わたしたちの世界と同じように星があるなんて――」

どこか、遠い過去に思いを馳(は)せるように、リーセリアは呟(つぶや)く。

輝く白銀の髪が、荒野の風に吹かれて揺れた。

と――

「――セリアさん、大事なことをお話しします」

「え？」

真剣な表情で口を開いたレオニスに、リーセリアが振り向く。

「大事なこと？」

「――はい」

レオニスはこくりと頷(うなず)いて、告げた。

「――この世界は、たぶん、僕たちのいた世界と同じ世界です」

◆

「――やっぱり、この世界にも存在した。推測は当たっていたみたいね」

石造りの城壁の上で――

エルフの勇者、アルーレ・キルレシオは、眼下の景色を見下ろした。

それは、〈剣聖〉の師と過ごした、彼女の記憶にあるままの景色。

（ぜんぜん風化していない、それに、虚無の化け物に荒らされてもいない？）

無数の疑問が、彼女の脳裏に浮かぶ。

ここにたどり着くまで、虚無の化け物を何匹も斬って来た。遭遇した中には、卓越した剣士である彼女でさえ、まったく歯が立たない個体も存在した。

そんな環境の中、この遺跡は損傷を受けた形跡がまったくない。

（どうして、そんなことが……？）

――その時。

ナイフのように鋭いエルフの耳が、ほんの微かな異音を察知した。

なにか、金属の擦れるような音。

（――〈ヴォイド〉!?）

ハッと振り向き、斬魔剣〈クロウザクス〉を構える。

……が、妙だった。あの虚無の化け物の気配をどこにも感じない。

（でも、たしかに――）

と、次の瞬間。

「……っ!?」

無数の閃光が、彼女の立つ城壁に嵐の如く降りそそいだ。

◆

「――この〈ヴォイド〉の世界と、わたしたちの世界が、同じ？」

リーセリアは眼を見開いて、訊き返した。

「……はい。あくまで僕の推測ですが」

頷いて、レオニスは端末に、元の世界の〈帝都〉周辺の地図を表示する。

「これが、帝都〈キャメロット〉の現在位置です」

「ええ……」

横に座るリーセリアが端末を覗き込む。

「その西側に、大きな森が広がっていますね」

レオニスは指先で端末の画面をタップした。

「その森の真ん中あたりに、例の〈ヴォイド〉の裂け目が出現しました。僕たちはここを通っていませんが、咲耶さんたちが、この裂け目を抜けています」

リーセリアはこくこく頷いた。

――当然だが、まだいまいちピンと来ていないようだ。

「結論から言うと、大陸の西に広がる森と、あのピラミッド型遺跡のあった森は、同じ森だと考えています」

「……？　ど、どういうこと？」

リーセリアは眉を八の字にしてみせた。

「あの森と、わたしたちの世界の森は、ぜんぜん違う景色だったわ」

「それは〈ヴォイド〉の瘴気によって変貌したからだと思います。大規模な〈ヴォイド〉の〈巣〉のある地域は、景観がまったく変わりますよね」

「……それは、たしかにそうね」

大量発生した〈ヴォイド〉の瘴気による、周辺環境の異常変化。

それ自体は、〈聖剣学院〉の虚獣研究の講義でも習う、よく知られた現象だ。

「けど、たまたま、同じ重なる位置に森があっただけなんじゃ――」

「もちろん、森の位置だけじゃありません」

レオニスは首を横に振った。

「レギーナさんたちの連れ去られた、あのピラミッド型の遺跡。あの遺跡があったのと、ちょうど同じ場所に、廃墟の痕跡があります」

地図のポイントのある箇所を叩くと、詳細なテキストが表示された。過去に調査を完了した遺跡などは、マップに詳細な情報が書き込まれる仕組みだった。

「あ……」

と、リーセリアが眼を見開く。

元の世界のマップに、〈精霊の森〉を縦断する巨大な虚空の裂け目を重ね、更にピラミッド型遺跡の位置を自動計測すると、廃墟の位置は、完全に同じ場所だった。

「偶然、だとは思えないんです」

「……」

レオニスの呟きに、リーセリアはじっと考え込むように沈黙する。

にわかには呑み込めないのも無理はない。

じつのところ、いま彼女に話した遺跡の場所の一致は、レオニスの後付けだ。

レオニスは、〈精霊の森〉の中に、〈精霊王〉エルミスティーガを祀る、あのピラミッド型の神殿があることを知っていた。

（そして、この世界には、〈獣王〉ガゾスの〈鉄血城〉が存在した……）

――ここは、ただの異世界ではない。

まるで、元の世界と鏡合わせのような世界なのだ。

なぜ、虚無の裂け目の向こうに、同じ世界があるのか――

レオニス自身、正直、まだ半信半疑だ。

ゆえに、これからおもむく場所で確証を得たい。

「……今、僕たちの向かっている方角に、大きな遺跡がありますす」

レオニスは地図の表示を、大陸全体に切り替えた。

マップの上に円形のポイントが表示される。

「――ここです」

「あ、知ってるわ。たしか、十数年前に〈ヴォイド〉の大規模な〈巣〉が発見されて、帝国騎士団の調査部隊が現地調査に赴いたの」

「大昔、このあたりは、人間の築いた強大な王国がありました」

「大昔……レオ君のいた時代？」

「――ええ、そうです」

と、レオニスは頷いて、

「〈ログナス王国〉と呼ばれる国家です」

「ログナス……！」

リーセリアがハッとして、声をあげた。

「あれ、知っているんですか？　ひょっとして、この時代にも名前が伝わって――」

「えーっと、ログナスって、あの骨の師匠たちのことよね？」

「骨の師匠？　ああ……」

そういえば、とレオニスは思いあたる。

彼女は〈ログナス三勇士〉のことを言っているのだ。

「そうですね。彼らは〈ログナス王国〉に仕える偉大な騎士たちでした」

まあ、そんな偉大な騎士たちも、今は〈不死者の魔王〉に仕えているのだが――

こほん、と咳払い（せきばら）いして、レオニスは話を戻す。

「その、〈ログナス王国〉の首都であった、城塞都市ウル＝シュカールの遺跡が、この先にあるはずなんです。もし、この虚無の世界にその遺跡があれば――」

「この世界が、わたしたちの世界と同じ世界だという証明になる？」

「……そうです」

レオニスはこくっと頷く。

それだけではない。もし、この虚無世界のウル＝シュカールが、〈精霊王〉の神殿のように、まだ原型をとどめているのだとしたら――

（いろいろと、調べたいこともある）

「……」

リーセリアは、星を見上げたまま、ゆっくりと立ち上がった。

「わたしたちの世界と、〈ヴォイド〉の世界が、同じ――」

やはり、少なからずショックを受けているようだ。

無論、レオニスにも、これがなにを意味するのかはわからない。

ロゼリア・イシュタリスは、この未来を予見していたのだろうか――

「レオ君の大切な人の手がかりも、そこにあるの？」

「それは……」

振り向いて、訊ねてくるリーセリアに、レオニスは首を横に振り、

「わかりません。ただ、この虚無の世界の秘密を解き明かすことが、彼女の居場所を知るための手がかりになる、そんな気がするんです」

そう答えたのだった。

◆

第二大陸――〈ブラッドファング平原〉上空。

ピシッ、ピシピシピシッ、ピシッ――

紺碧の空が割れ、虚空に無数の次元の裂け目が生まれた。

ピシピシピシッ、ピシイイイッ――

裂け目は徐々に膨れ上がり――

やがて、透き通った音をたてて、ガラスのように砕け散った。

割れ砕けた空に、巨大な遺跡の一部が姿を現す。

翼を広げた竜のような外観をした、白亜の要塞だ。

――〈天空城（アズール・フォート）〉。

〈魔王戦争〉の時代には、〈竜王〉ヴェイラ・ドラゴン・ロードの居城として、数多（あまた）の戦場を飛び回った空中要塞。

「……ブラッドファング平原、〈獣王〉の果てた戦場か」

その〈天空城（アズール・フォート）〉の舳先（へさき）――

竜の頭を模した広場に立ち、その男は、独りごちるように呟（つぶや）いた。

帝国騎士団の軍服に身を包んだ、白髪の偉丈夫だ。

鷹（たか）のような蒼氷（アイスブルー）の瞳が、遙（はる）か地上を鋭く見下ろしている。

〈第〇三戦術都市（サード・アサルト・ガーデン）〉総督――エドワルド・レイ・クリスタリア公爵。

六年前の都市防衛戦で、戦死したはずの人間だった。

〈各地で〈魔王〉の覚醒が始まっている。〈使徒（アポストル）〉に先んじて、手に入れねばならぬ〉

「――ああ、わかっている」

男は、脳裏に聞こえたその声に、答えを返す。

魔王〈アズラ＝イル〉――彼の魂と契約した、異世界の魔神の声に。

神々の到来以前の超古代文明の遺跡のひとつ、〈天空城〉は手中に収めた。

しかし、彼の計画に必要な〈魔王〉の奪取は、いまだ未達成だ。

〈海王〉の半身たる最強の生命体、〈リヴァイアサン〉のコントロールには成功したものの、その核となる存在である、リヴァイズを失った。

〈天空城〉を餌におびき寄せた〈竜王〉の支配も、何者かに邪魔をされ、失敗した。

〈鬼神王〉は虚無の化身となった〈剣聖〉と融合を果たし、〈死都(ネクロゾア)〉に眠る〈不死者の魔王〉の魂は消滅した。放浪の魔王はいまだ行方知れず、〈機神〉は、もとより魂を持たぬが故に、我が〈聖剣〉の力では、支配することはできぬ――〉

再び、彼の声が反響する。

ゆえに、〈獣王〉は必ず手に入れなくてはならない。

虚無の〈女神〉が完全に甦(よみがえ)り、すべての次元に手を伸ばす前に――

〈――そして、〈聖剣〉に目覚めた人類は、滅ぼさねばならぬ〉

眼下に広がる荒野を見下ろし、彼はすっと手をかざす。

〈海王〉に切断された右腕は、すでに時間遡行の魔術で再生していた。

ゴ、ゴゴゴゴゴゴゴゴ……！

〈天空城〉が震動し、遺跡の基底部分に埋め込まれた砲門が開く。

「目覚めよ――〈獣王〉ガゾス＝ヘルビースト」

呟くと、同時。

ズオオオオオオオオオオンッ！

主砲〈滅神雷撃砲(ラグヴァ・カノン)〉の閃光(せんこう)が、地上を焼き払った。

巨大な火柱が立ち上り、空が真っ赤に焼ける。

男が、蒼氷(アイスブルー)の目をわずかに見開いた。

「……これは、〈獣王〉の亡骸(なきがら)ごと葬ってしまうのではないか?」

〈――〈魔王〉を侮るな。この程度で滅びることはない〉

ズオンッ、ズオンッ、ズオオオオオオオオンッ!

砲撃は更に続く。灼熱(しゃくねつ)の閃光が、地上に巨大なクレーターを穿(うが)った。

――が、地上に、なにかが目覚める兆候はない。

「〈獣王〉が〈剣聖〉との一騎打ちにて果てた地――」

と、彼は喉の奥で唸(うな)った。

あるいは――

「〈獣王〉が眠るのは、この場所ではないのか……?」

〈――待て。なにか、強大な力の接近を、感じる……〉

「……〈獣王〉か?」

〈違う、あれは――〉

――と、次の瞬間。

ズオオオオオオオオオオオオオオオオオンッ!

轟音と共に、〈天空城〉が揺れた。

◆

「……!?」

分厚い雲を引き裂いて——

シギャアアアアアアアアアアッ！

恐ろしい咆哮と共に、巨大な真紅の竜が姿を現す。

「……赤竜!?　ヴェイラ・ドラゴン・ロードか！」

わずかによろめきつつ、エドワルドが目を見開く。

翼を広げた赤竜が、牙の生えた顎門を開いた。

口腔に灼熱の閃光が生まれ——

ズオオオオオオオオオッ！

真っ白な熱閃が、〈天空城〉の広場を横一文字に横断する。

壁のように立ち上る火柱。

エドワルド・クリスタリアの姿は、炎の中に呑み込まれて消える。

巨大な赤竜は、空中で翼を大きくはためかせた。

膨大な魔力の炎に包まれて、ドラゴンの姿が変化する。

「いまのは挨拶がわりよ、〈異界の魔王〉。さっさと姿を現しなさい――！」

炎の中から現れたのは、美しい、紅蓮の髪の少女だ。

黄金色の眼を爛々と輝かせ、眼下の〈天空城〉を傲然と見下ろす。

「――私を追ってきたか、〈竜王〉よ」

ゴウッ――！

燃え盛る炎を吹き散らし、エドワルド・クリスタリアが姿を現した。

白い外套が、熱風を孕んでたなびく。

「ふん、昔から、なに考えてるかわかんない奴だったけど、あんた、〈魔王〉を集めてるんでしょ？　だったら、ガゾスの滅びた場所に、必ず現れると思ったわ！」

ヴェイラ・ドラゴン・ロードの真紅の髪が、ぶわっと広がった。

掌に生まれた灼熱の業火球を、〈天空城〉めがけて次々と投げ放つ。

「消し炭になりなさいっ――〈竜炎爆雷〉！」

ズオンッ、ズオンッ、ズオオオオオオオンッ！

竜語魔術による破壊の嵐が吹き荒れた。

「この〈天空城〉は、あたしたちドラゴン種族の城、返してもらうわ！」

「愚かな。この遺跡は、城などではない」

「……っ!?」

エドワルドの姿が消滅した。

――と、次の瞬間。

ピシッ、ピシピシピシッ――

ヴェイラの背後で、虚空(こくう)に亀裂が奔(はし)る。

「〈聖剣〉アクティベート――〈運命の輪(ホイール・オヴ・フォーチュン)〉」

虚空の裂け目より姿を現したエドワルドが、輝く指輪を向ける。

「〈魔王〉は、同じ手は喰(く)わないわ――!」

即座に、ヴェイラは無数の火球を招来。

火球はそれぞれが不規則な軌道を描き、エドワルドに着弾する。

「はああああああああっ!」

叫び、空を蹴って、エドワルドに肉薄。

超音速の衝撃で、大気が爆(は)ぜ、雲が吹き飛ぶ。

「――〈竜王壊砕拳(ドラグ・フィスト)〉!」

破壊のオーラを纏(まと)う〈竜王〉の拳が、エドワルドの頬(ほお)を殴り飛ばした。

エドワルドは〈天空城(アズール・フォート)〉の城壁をぶち破り、広場に叩(たた)き落とされる。

「なるほど。最凶の〈魔王〉、決して侮っていたわけではないが……」

崩れた瓦礫(がれき)の中から、エドワルドがゆっくりと立ち上がった。

支配の〈聖剣〉――〈運命の輪〉の発動には、大きな隙を生じる。

初見か、復活した直後の状態でなければ、〈魔王〉相手には通用しない。

「……へえ、人間の器にしては、頑丈ね」

宙にたたずむヴェイラは、腰に手をあて、不満そうに呟(つぶや)く。

エドワルドは、鷹(たか)のような眼(め)で頭上の〈竜王〉を睨(にら)み据(す)えた。

そして――

「〈聖剣〉アクティベート――〈空隙の界剣(ディメンショナル・ソード)〉」

虚空より、虹色に光り輝く剣を顕現させる。

「……!?」

エドワルドが〈聖剣〉を振り抜いた。

――と、同時。ヴェイラの眼前にエドワルドの姿が現れる。

「……なっ!?」

エドワルドが接近したのではない。

ヴェイラが、空間ごと、間合いの中に引き寄せられたのだ。

剣閃(けんせん)が〈竜王〉の首筋を撫(な)で、真紅の髪がパッと散った。

「……こっ、の……!」

ヴェイラは跳躍して、距離を取ろうとするが——

「——無駄だ」

ヴンッ——！

〈聖剣〉の刃(やいば)が閃(ひらめ)くと、ヴェイラは再び、間合いに引き寄せられる。

——〈空隙の界剣(ディメンショナル・ソード)〉。エドワルド・クリスタリア公爵の持つ、本来の〈聖剣〉だ。

〈ヴォイド〉の裂け目ごと、空間を斬り裂く、次元断の剣。

その権能は、〈異界の魔王〉との融合により、極限の進化を遂げた。

次元を斬り裂く〈聖剣〉の刃が、〈竜王〉の心臓めがけて突き込まれる——

刹那。

「——〈海魔閃斬(シャリア・シェイズ)〉」

魔力を帯びた水の刃が、エドワルドと〈竜王〉を分かつように振り下ろされた。

「……!?」

足を止め、頭上を振り仰ぐエドワルド。

紺碧(こんぺき)の空に、水の羽衣を纏(まと)う、紫水晶(アメジスト)の髪の少女が浮かんでいた。

「なかなか苦戦しておるようだな、〈竜王〉よ」

「ふん、遅かったじゃない——」

ヴェイラはふぁさっと髪をかき上げた。

「しかたなかろう。我は〈海妖精族（シー・スプライト）〉、竜種の貴様のように速くは飛べぬ」

「〈魔王〉が、共闘だと？」

エドワルドは、蒼氷（アイスブルー）の眼（め）を細めた。

「共通の目的があるのでな――」

告げて、〈海王〉は指先に魔力を集中させる。

「〈異界の魔王〉よ、我の〈リヴァイアサン〉を返してもらうぞ！」

ゴオオオオオオオオオオオオオオオオッ！

第九階梯（かいてい）魔術――〈氷魔砕嵐（ヒエルド・ベルゼード）〉。

瓦礫（がれき）の散乱する〈天空城（アズール・フォート）〉の広場に、絶対零度の氷嵐が吹き荒れる。

「ちょっと、あたしまで巻き込むつもり!?」

ヴェイラがあわてて宙に離脱した。

「……っ！」

切り札である最強の生命体〈リヴァイアサン〉は、次元の狭間（はざま）に封じてある。

――が、こんな場所で、あれを招来するわけにはいかない。

〈……退（ひ）け、エドワルド。〈魔王〉二人では、分が悪かろう――〉

「しかし、〈獣王〉を前にして――」

〈――〈獣王〉の魂は、すでにここにはない――〉

「……なに？」

〈ガゾス＝ヘルビーストは、〈魔王〉の中でも真の戦士。もし奴(やつ)の魂がここにあるのであれば、この〈魔王〉どうしの争いで、目覚めぬはずがない〉

「無駄足だった、というわけか――」

吹き荒れる氷嵐の中で、エドワルドは歯噛(はが)みする。

「――よかろう」

彼は短く頷くと、〈空隙の界剣(ディメンショナル・ソード)〉の刃(やいば)を虚空(こくう)にかかげた。

「次元の〈門〉よ、いまここに七つの鍵を開け――」

ピシッ、ピシピシピシピシッ、ピシッ――！

巨大な〈天空城(アズール・フォート)〉の周囲に、無数の空間の亀裂が奔(はし)る。

「……っ、逃がさないわよ、〈アズラ＝イル〉！」

ヴェイラが、両腕に魔力を収束させ、呪文を唱えはじめる。

「〈天空城〉を落とすつもりか？」

「ここはドラゴン種族の城よ。奪われるくらいなら、壊したほうがマシ！」

ヴェイラが、莫大(ばくだい)な魔力を解き放った。

「愚者よ、我が咆哮(ほうこう)を聞け――〈覇竜魔光烈砲(ディ・アルグ・ドラグレイ)〉！」

ズオオオオオオオオオオオオオンッ！

最大威力で放たれた、破壊の閃光（せんこう）。

竜の姿に似た、〈天空城〉の尾翼部分が崩落し、地上の荒野に落下する。

——が、〈天空城〉の本体は沈まない。

斜めに大きく傾（かし）いだまま、次元の裂け目の中に呑（の）み込まれ、姿を消した。

「——〈異界の魔王〉は、逃がしたか。失敗したな」

「……そうでもないわ、目的のものは手に入れたし」

「なに？」

地上に堕（お）ちた〈天空城〉の一部を見下ろし、ヴェイラは肩をすくめた。

「ドラゴン種族の——〈天体観測装置（アルマゲスト）〉よ」

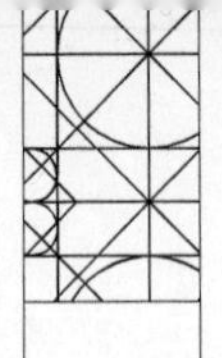

第四章　ウル＝シュカール

――夜明け前。

虚無の瘴気（しょうき）に汚染された荒野を、砂埃（すなぼこり）を上げて進む戦闘車両（バトル・ヴィークル）。

昨日の戦闘で、装甲は無惨に剥（は）がれてしまったが、動力炉に問題はないようだ。

あの戦闘以来、〈ヴォイド〉とは遭遇していない。

昨晩、偵察のために放った、〈スケルトン・ハウンド〉の報告を受け、〈ヴォイド〉の出現ルートを回避するよう、さりげなくレギーナに伝えたのだ。

「……少年、なんか、大丈夫です？」

と、操縦席のレギーナが振り返り、心配そうに訊（き）いてくる。

「ええ、ちょっと、貧血気味なだけですから……」

シートにぐったりと横たわり、レオニスは呻（うめ）くように返事をした。

「……レオ君、ごめんね」

「いえ、だ、大丈夫です……」

小声で申し訳なさそうに謝るリーセリアに、レオニスは首を振る。

……やはり、血を吸わせすぎてしまったようだ。

「うーん、なにか、元気の出る音楽でもかけましょうか。少年、この戦闘車両、カラオケはないんですか？」

「……たぶん、ないと思いますよ。一応、軍用ですし」

もしかしたら、シャーリが勝手に取り付けているかもしれないが。

「うーん、そうですか。それじゃあ、お嬢様、少年のためになにか元気の出る歌を歌ってあげてください」

「え、ええっ……う、歌？　なんで⁉」

このメイドは、突然なにを言い出すのかと、リーセリアが頓狂な声を上げる。

「ずっとかわり映えのしない景色で退屈ですし。わたしの端末で曲をかけますから、合わせて歌ってください」

「ええ……」

「僕も聴いてみたいですね、セリアさんの歌」

「レ、レオ君も⁉」

思わぬリクエストに、戸惑いの表情を浮かべるリーセリア。

彼女の歌声は、あまり聴いたことがないので、興味があった。

（……もし、〈呪歌〉の適性があれば、教えてみてもいいかもしれん）

〈呪歌〉系統の魔術は、直接的な破壊力では劣るものの、味方の軍勢に、様々な強化を付与することができる。

将来的に、彼女が不死者の配下を持つようになれば、重宝するだろう。

もっとも、レオニスは〈呪歌〉を使えないので、上級アンデッドの〈バンシー〉などの魔物にレッスンを任せることになるだろうが――

「わ、わかったわ、それじゃあ、ちょっとだけ……」

昨晩、吸血しすぎたことへの罪悪感も、少しあるのかもしれない。

リーセリアはこほん、と咳払いして、

「――我が剣、故国を守る為～、雄々しくあれ～♪」

「進め、進め、クリスタリアの勇士たちよ～♪」

透き通った美声で、歌いはじめる。

「……」

たしかに、美しい歌声なのだが――

「な、なんですか、その歌？」

「ええっと、クリスタリア騎士団の歌よ」

……まさかの軍歌だった。

「お嬢様、ひょっとして、ツッコミ待ちでしょうか？」

「……～っ、だ、だって、元気の出る歌がいいって、レギーナが……」

「だ、大丈夫ですっ、お嬢様の好きな歌を歌っていいんですよ」

拗ねるリーセリアを、レギーナはあわててフォローするのだった。

◆

──その頃。〈帝都〉の宮殿では、慌ただしく情報が飛び交っていた。

「まだ行方はわからないのか!?」

「現在、確認中です、閣下。ですが、おそらく、シャトレス殿下は──」

「……っ、とにかく、状況の確認を急いでくれ」

部下との通信を切り上げると、帝弟アレクシオスは執務机の上で頭を抱えた。

〈エリュシオン学院〉における、〈聖剣士〉の大量失踪事件。

原因は調査中だが、特異型の〈ヴォイド〉による攻撃か、虚無の裂け目の生成に巻き込まれた可能性があるとのことだった。

しかも、失踪した〈聖剣士〉の中には、帝国第三王女、シャトレス・レイ・オルティリーゼもいるらしい。

（……くそっ、一体、何が起きているんだ!?）

普段の冷静さはなりをひそめ、苛立ちをぶつけるように、拳を叩き付ける。

事件発生から、すでに二十時間以上が経過している。

現在、封鎖した〈エリュシオン学院〉を調査している部隊には、箝口令がしかれているが、これほどの大事件だ。いずれ、市民の間にも情報は洩れるだろう。

(――シャトレスの失踪だけは、絶対に知られるわけにはいかないな)

シャトレス・レイ・オルティリーゼは、第三王女であると同時に、〈聖剣剣舞祭〉で圧倒的な人気を誇る最強の〈聖剣士〉だ。

彼女は、現在の不安な状況に怯える市民の希望であり、光なのだ。

それが失われたとなれば――

(……不安が混乱を呼び、暴動を呼びかねないな)

沈痛な表情で、ため息を吐く。

叔父として、シャトレスの身を案じる気持ちはもちろんあるが、それ以上に政治的な影響を考えてしまう自分に、自己嫌悪をおぼえる。

しかし、これが王家に生まれた者の責務だ。

(アルティリアが、なにか思い出してくれればいいんだが……)

この件に関する唯一の手がかりは、アルティリア第四王女だ。

事件が発生した当時、アルティリアも〈エリュシオン学院〉の女子寮区画にいたはずなのだが、なぜか、彼女だけは巻き込まれることなく、王宮に戻ってきた。

アレクシオスは、目覚めた彼女に面会し、いろいろ尋ねてみたのだが、〈エリュシオン学院〉の中で起きたことは一切覚えておらず、どうやって王宮に戻って来たのかも、わからないようだった。

ショックで記憶が混乱しているのだろう。

（……まあ、無理もないが）

それにしても、不可解なのは、アルティリアの足取りが一切不明なことだ。

……まるで煙のように消え、突然、王宮の中庭に現れた。

（本当に、不可解なことだらけだ……）

——なんにせよ、このまま手をこまねいているわけにはいかない。

虚無の裂け目に呑み込まれたのだとすれば、あの〈大亀裂〉の向こう側へ、調査部隊を派遣すべきなのだが、そう簡単にはいかない。

裂け目の向こうは未知の世界であり、強大な〈ヴォイド〉が存在することは間違いない。

情報が不十分なまま、調査部隊を派遣すれば、更に被害を増やすことになるだろう。

（……手詰まりだな、打てるだけの手は打ったけれど）

——否。本当にそうだろうか？

彼は敢えて、その手段を考えないようにしていた。

（奴の力を借りれば、いや、しかし……）

考えただけで、じっとりと、嫌な汗が額に滲む。

身体が、あの時の恐怖を覚えているのだ。

〈魔王〉――ゾール・ヴァディス。

人間の秤をはるかに超えた、あの化け物ならば、あるいは――

（……い、いや、だめだ！　奴に頼るのは、本当に最後の手段だ）

頭を抱え、激しく首を振る。

あの恐るべき〈魔王〉に、不用意に借りを作るわけにはいかない。

しかし――

「……っ！」

アレクシオスは、苦渋に満ちた表情で、執務机の引き出しを開けた。

中に入っていたのは、なにかの骨で作られた、おぞましい怪物の像だ。

ゾール・ヴァディスとの、あの恐ろしい謁見を終え、執務室に帰ってきた彼が、机の上に置かれたこれを見たときは、卒倒しかけた。

一緒に置かれていた手紙によると、この像を手にして強く念じれば、〈魔王〉と交信することができるらしい。

「……身の破滅を招くことになるのは、わかっているんだ」

アレクシオスは、自嘲するように呟いた。

「けれど、奴の力に縋るしか……」

骨の像を手にしたまま、息を呑む。

「……」

執務机の椅子からゆっくり立ち上がると、彼は目を閉じて、念じた。

〈偉大なるいにしえの〈魔王〉よ、汝の下僕の呼びかけに応え給え……〉

……──。

……五分が経ち、十分が経った。

アレクシオスは、ゆっくりと目を開けて──

「届かないじゃないか、あの野郎！」

骨の像を床に叩き付け、思いっきり蹴飛ばした。

「はあっ、はあっ……くそっ、忌々しい〈魔王〉め」

──と、その時。

「気のせいでしょうか？　いま、魔王様の悪口が聞こえたような──」

背後で、声が聞こえた。

どこかで聞き覚えのある、可憐な声。

「……!?」

──振り向くと。

執務室のソファの上に、ドーナツをくわえて腰掛ける、メイドの姿があった。

「ひっ！」

アレクシオスは思わず、引き攣ったような悲鳴をあげる。

ゾール・ヴァディスに仕えていた、あのメイドだ。

可憐な少女のような外見をしているが、その力は底知れない。このメイドは、彼が護衛に連れていった二人の〈聖剣士〉を、一瞬で無力化したのである。

「あ、あの……」

「それは、なんですか？」

と、メイドの少女は、床に転がった像に目を向けた。

「い、いえ、その、間違って、落としてしまって……は、はは……」

「……そうですか。くれぐれも、取り扱いには気をつけてください」

少女は、アレクシオスを冷たく睨んだ。

「魔王様に賜った物を粗雑に扱うことは、魔王様への叛逆と心得なさい」

「ははっ、き、肝に銘じておきます」

アレクシオスは反射的にひれ伏した。

仮にも、皇帝の血に連なる者のとるポーズではない。

だが、圧倒的な強者を前に、本能がそうしろと警告したのだ。

（……け、蹴飛ばしたところを見られていたら、死んでいた）

「――魔王様からの伝言です、心して聞きなさい」

メイド少女は、ドーナツをもむもむ食べながら告げた。

「は――」

「帝国第三王女、シャト……シャトなんとか王女は、〈ヴォイド〉に連れ去られた学生たちを統率して、帰還の途にあります」

「……っ!?」

アレクシオスは思わず、顔を上げた。

「そ、それは、本当でしょうか？」

「魔王様が、偽りを口にするとでも？」

「い、いえ、滅相もございません……！」

メイド少女は、冷たく見下ろすと、通信端末を投げ渡した。

「その端末に、第三王女の帰還ルートを入力してあります。部隊を差し向けて、合流するといいでしょう」

「……」

アレクシオスの頭はめまぐるしく回転する。

……〈魔王〉の狙いはなんだ？

奴(やつ)が善意で救いの手を差し伸べることはあり得ない。

まさか、この事件そのものが、自作自演なのか——

……否(いな)、そんな回りくどいことをする意味はないだろう。

（では、一体……？）

メイド少女が、ソファから立ち上がった。

「か、感謝いたします。ただちに、部隊を派遣します」

アレクシオスは、あわてて口を開いた。

「あ、あの……」

「なにか？」

「魔王陛下は、対価として、なにを求められるのでしょうか？」

「はあ……」

すると、少女は小首を傾(かし)げ、

「魔王様は、とくになにも仰(おつしや)っておられませんでしたが」

（……な、なんだと？）

謁見の際は、軍艦一隻を求めておきながら、今回は何も要求してこない？

将来的に貸しを作った、ということなのか。それとも、この程度のことは〈魔王〉にとって、対価を要求するほどのことではないのだろうか。

（……〈魔王〉ゾール・ヴァディス、一体なにを考えている!?）

魔王の意図がまるで読めず、アレクシオスは拳を震わせるのだった。

◆

「——……だから〈聖剣〉よ～、わたしの想いに～、応えて～～～♪」

歌のチョイスはともかく、リーセリアの歌唱力には驚かされた。

魔導機器の発達により、人類の歌唱技術もある程度、底上げされているのだろうが、

（……アカペラでこれは、すごいな）

一〇〇〇年前であれば、歌姫と呼ばれるレベルだ。

レオニスは思わず、聞き惚れてしまう。

「どうです、少年？　セリアお嬢様の歌声は」

「……正直、驚きました。プロの歌手みたいです」

「え、えっと……ありがとう」

レオニスが素直な感想を口にすると、リーセリアは頬を赤らめる。

「お嬢様は、クリスタリアの御屋敷で本格的な歌唱訓練も受けていましたしね」

「そうなんですか？」

「……こ、子供の頃の話よ」

「あ、次は、あれ歌います？　去年の〈聖灯祭〉の……」

「ええっ!?　ひ、一人じゃ恥ずかしいわ」

「じゃあ、わたしも一緒に歌ってあげます」

「……去年の〈聖灯祭〉？」

と、訊(たず)ねるレオニス。

〈聖灯祭〉といえば、女装させられた苦い思い出があった。

「はい、第十八小隊でバンドを組んで、ステージで歌ったんです。喫茶店に来てくれたお客さんも一緒に盛り上がって、楽しかったですねー」

「……はあ、バンドですか」

　レオニスの知るバンドは、スケルトンの軍楽隊(ウォー・バンド)だけである。

「セリアお嬢様がメインボーカルで、わたしがボーカルとギター。咲耶(さくや)がベースで、フィーネ先輩がキーボード、訓練の合間に練習して、大変でしたね」

「歌詞はボクが書いたんだよ」

　と、貨物スペースの咲耶が内線で話しかけてくる。

「咲耶さんが？　意外な才能ですね……」

「意外とは失礼だね、少年。今も退屈だから一曲作っていたんだ」

「……どんな曲です？」

「嗚呼、モフモフ丸～♪　どうして、君はモフモフなんだい～♪」

「……」

咲耶の謎の鼻歌を聞き流しつつ、レオニスはふと、あることを思い付く。

（……〈魔王軍〉の凱歌を作れば、士気も上がるかもしれんな）

〈帝都〉でスカウトを進めている配下の中には、作曲の才能を持つ者もいるだろう。

（あの帝弟などは、芸術方面にも明るそうだし、今度相談してみるか……）

——と、その時。

「……ん？　あれ、なんですかね？」

レギーナが前方を見て、声を上げた。

「どうしたの？」

「ほら、あそこです。岩じゃない、何かが——」

レオニスは前に身を乗り出し、前方を見据えた。

「あれは……」

——と、たしかに、このあたりの奇岩とは明らかに異なる城壁が見える。

すぐに端末の地図を呼び出して、確認する。

「レオ君？　ひょっとして……」

「……はい、間違いありません」

小声で訊いてくるリーセリアに、レオニスは頷いた。

〈ログナス王国〉の首都——ウル＝シュカールの遺跡のある座標だった。

◆

——遺跡の発見から一時間後。帝国標準時間一〇三〇。

（驚いたな、これは……）

戦闘車両を降り、遺跡に近付いたレオニスは、手をかざして上を見上げた。

眼前には、都市をぐるりと囲む石造りの城壁と、巨大な門が聳えていた。

……間違いない。レオニスの知る、ウル＝シュカールの城壁だ。

ウル＝シュカールの城壁は、〈魔王軍〉の侵攻を受けて何度も破壊されたが、そのたびに修復され、より堅牢に増改築がほどこされた。

多数の見張り塔が設置され、それぞれに、〈六英雄〉の大魔導師、ディールーダ・アルス・マグナの生み出した〈ガーゴイル〉が配置された。

外壁には〈聖女〉ティアレス・リザレクティアによる祝福が付与され、また、空中の敵に対処するため、アラキール・デグラジオスの発明した、魔力砲が取り付けられた。

度重なる〈魔王軍〉の猛攻を耐えた、人類最後の拠点だ。

正面の門には、獅子をモチーフにした、ログナス王国の紋章が刻まれている。

（……なんにせよ、これで俺の推測は裏付けられたな）

――やはり、この虚無世界は、元の世界と重なりあっているようだ。

「な、なんですか、これ……？」

「森の遺跡とは、またスケールが違うね」

レギーナと咲耶が、そんな感想を口にする中――、

「セリアさん……」

レオニスはリーセリアの袖を引き、小声で話しかけた。

「元の世界の遺跡は、こんな状態ではないんですよね？」

「……ええ。調査隊は、崩れた廃墟の跡しか発見できなかったはずよ」

こくりと頷く彼女。

（〈鉄血城〉も、〈精霊の森〉の神殿も、この世界では形を保っていた――）

――その違いは、一体、なんなのだろうか。

（……なんにせよ、調べてみなくてはな）

「とりあえず、中に入ってみましょう――」

レギーナが、巨大な城門の前に足を進めた。

「……ん～、んんんん～っ！」

両手で、必死に扉を開こうとする。

「……ふぅ、だめです。鍵が閉まってるみたいですね」

すぐに諦めて、額の汗をぬぐった。

「いや、開くわけないでしょう」

「あ、少年、いまちょっとばかにしましたね」

呆れてつっこむと、レギーナはレオニスの頭をぐりぐりする。

「……痛いですよ」

実際にはそれほど力をこめていないので、痛くはない。

「どうします？　わたしの〈猛竜砲火〉でぶち破りますか？」

「待って。ここは〈ヴォイド〉の勢力圏よ、慎重に調べましょう」

リーセリアが首を横に振った。

「まずはほかに入り口があるか、探してみて……え？」

彼女が、何気なく城門に触れた、その瞬間。

城門に刻まれた紋章が、魔力の光を放った。

「なっ、なに!?」

あわてて城門から離れるリーセリア。

ズ……ズズズズ、ズズズズズン……――！

固く閉ざされた城門が、ゆっくりと、内側から開きはじめる。

「お嬢様、なにをしたんです？」

「わ、わからないわ、ただ触っただけで……」

（ふむ……）

レオニスは、城門を睨んで訝しんだ。

〈吸血鬼〉の魔力に反応して開いたのか？　しかし――）

レオニスの知る限り、門にそんなギミックはなかったはずだが――

「まあ、ラッキーじゃないか。中に入ろう――」

と、咲耶は平然として、門の中に入って行く。

「あ、ちょっと、咲耶――」

「危ないですよ」

リーセリアとレギーナは、あわてて咲耶を追いかける。

「……」

開かれた城門の前で、レオニスは、ほんの少し躊躇した。

彼がまだ、〈六英雄〉の勇者と呼ばれた頃に、何度も凱旋した場所だ。

勇者を出迎える大勢の民衆。

師のシャダルクと、轡（くつわ）を並べて進んだパレード。

〈魔王〉ゾール＝ヴァディスを倒して帰還したときの、歓喜の声。

（……くだらん感傷だな）

そんな、過去の記憶を踏みにじるように――

〈不死者の魔王〉は、中に足を踏み入れた。

◆

――一〇〇〇年前の王都は、静寂に満ちていた。

荒野と同じく、生命の気配はない。

血のように赤い空の下、レオニスたちは石畳の通りを並んで歩く。

「……不思議ね。どうして門が開いたのかしら？」

リーセリアは、まだ首を傾（かし）げていた。

「レオ君、どうしてだと思う？」

「僕にもわかりません……」

隣で首を振りつつ、そういえば、とレオニスは思い出す。

（……俺の眠っていた〈死都（ネクロゾア）〉の霊廟（れいびょう）も、封印がほどこされていたんだがな）

決して、人間には解くことのできない封印だ。

一〇〇〇年の歳月で、封印が弱まっていたのだろうか。

「まるで、人間の都市のようだね」

と、あたりの建物を見回して、咲耶が呟く。

「〈ヴォイド〉の世界に、わたしたちと同じような種族がいたんでしょうかね？」

レギーナも首を傾げた。

「どうだろうね。まさか、〈ヴォイド〉が都市を建造するわけもないし」

「古い遺跡には見えないわ。まるで――」

と、リーセリアは不安そうに口にする。

「誰かがメンテナンスしてるみたい」

「……」

じつのところ、レオニスも同じ感想を抱いていた。

遺跡が現存しているにしても、ある程度は風化しているだろうと思ったのだ。

だが、石畳の通りも、建物も、ほとんどがレオニスの記憶にあるままだ。

――ただ、生命の気配だけがない。

（……〈ヴォイド〉に破壊されなかったのか？）

完全な姿を保ったままの城壁に眼をやり、訝しむ。

あんな石の城壁があったところで、〈ヴォイド〉に対しては無意味なはずだ。

記憶の中のウル＝シュカールと変わらぬ景観に、違和感だけが募る。

「あの大きな建物はなにかしら？」

リーセリアが、通りの前方を指差した。

都市の中心にある小高い丘の上に、レオニスの見慣れた建造物があった。

「……たぶん、王様のいる場所じゃないかな」

と、咲耶が答える。

「〈桜蘭（おうらん）〉の天鬼城も、あんな場所にあったよ」

咲耶の言う通り、その建物は王宮だった。

（……王宮も、ほぼそのままの形で残っているようだ）

――ウル＝ログナシア大王宮。

〈第〇七戦術都市（セヴンス・アサルト・ガーデン）〉の巨大な積層構造物群と比較すると、たいした大きさに見えないが、一〇〇〇年前の世界では、人類最大の建造物だった。

レオニスは、王宮にはあまりいい思い出はない。

虚飾と欺瞞（ぎまん）、裏切りに溢（あふ）れた王侯貴族の世界より、アンデッドに囲まれた〈デス・ホールド〉のほうがよほど居心地がよかった。

（――ともあれ、王宮が健在なのであれば、行く価値はある）

目的は王宮そのものではなく、王宮敷地内にある、〈アラキール大図書館〉だ。

〈六英雄〉の大賢者が、無限の知識を収集し続けた、叡智(えいち)の宝庫。

その書庫は地下深くまで広がり、さながら地下迷宮ようだった。

あの大賢者の欲望と妄執の産物が現存しているのであれば、レオニスが眠った後、この世界になにがあったのか、調べることができるかもしれない。

と——

「見て、あそこ……！」

リーセリアがハッとして声を上げた。

複数の通りが合流する、円形広場。

その石畳が無惨にめくれあがり、周囲の建物が激しく損壊していた。

「……どういうこと？　ここだけ破壊されているなんて」

広場に向かうと、巨大な建物の瓦礫(がれき)が散乱していた。

地面には、小規模なクレーターも穿(うが)たれている。

「……ここで、戦闘があったみたいですね」

レギーナが言った。

「ああ、それも、そう昔のことじゃない。最近だよ」

咲耶(さくや)が鋭い視線で周囲を見渡す。

「どうして、わかるんです？」

「瓦礫に土埃が積もっていないからね……」

「──〈ヴォイド〉が？」

「わからない。もう少しあたりを調べて──」

と、咲耶が足を止め、屈み込んだ。

すっと眼を細め、地面に落ちていた、白い布を拾いあげる。

「それは……？」

「このリボン、アルーレのだよ」

「……彼女が、ここに!?」

リーセリアが眼を見開く。

（……そうか。考えてみれば、あの女はここに来るだろうな）

アルーレ・キルレシオは、あの〈精霊の森〉にあったピラミッドが、〈精霊王〉を祀る神殿であることに気付いていた。

であれば、この世界に関して、レオニスと同じ推測に至るのも道理だろう。

〈ログナス王国〉は、彼女の剣の師の仕えた王国であり、彼女自身、勇者として、ウル＝シュカールの王宮には何度もおとずれていたはずだ。

（エルフの魔術があれば、鈍重な戦闘車両より、ずっと速く森を進めるだろうしな）

レオニスはあたりを警戒した。

相変わらず、なんの気配も感じないが、なにかがいるのは間違いない。

「〈ヴォイド〉と戦闘をしたのかしら?」

「でも、おかしいですね。ここにも〈ヴォイド〉が現れるなら、遺跡のほかの場所は、どうして無事なままなんでしょう?」

レギーナが首を傾げた、その時。

「……っ……う……!」

突然、リーセリアが頭を抱え、その場にうずくまった。

「ど、どうしました、お嬢様!?」

「セリアさん?」

「……何……かが、呼んで……る——?」

「え?」

唐突に、リーセリアの足元に、光の魔法陣が出現した。

「な……に——!?」

戸惑いの声を上げるリーセリア。

魔法陣が輝き、彼女の身体が、眩い光に包まれる。

「セリアさん!」

レオニスはあわてて駆け寄った。

――すぐにわかった。あれは、〈転移〉の魔法陣だ。

「レオ君、だめ――！」

「セリアさん――！」

リーセリアの身体が、無数の光の粒子となって消えてゆく。

レオニスは、〈封罪の魔杖〉をかかげ、魔法陣を解除しようとするが――

「――少年、上だ！」

鋭い咲耶の声が響く。

――刹那。閃光が、レオニスたちを呑み込んだ。

◆

ズオオオオオオオオオオオンッ！

轟音が、ウル＝シュカールの遺跡に響きわたる。

凄まじい爆風が吹き荒れ、付近にあった建物は、粉々に砕けて吹き飛んだ。

あたりに立ちこめる砂煙。

その爆発の中心で――

「……なん、だ？」

〈封罪の魔杖(まじょう)〉を手にしたレオニスが、ゆっくりと立ち上がる。

その周囲には、青白い魔力の障壁が展開されていた。

「けほっ、けほっ……な、なんですか、一体……」

と、そばにいたレギーナが咳(せ)き込(こ)んだ。

彼女も魔力の障壁の内側にいたため、身体(からだ)には傷ひとつない。

「わかりません……セリアさん!?」

レオニスはハッとして、リーセリアの姿を探した。

――が、彼女の姿はどこにもない。

「――お嬢様、どこです！　セリアお嬢様!!」

レギーナも必死に叫ぶが、砂煙の中から、声が返ってくることはない。

（……くそっ、俺としたことが）

レオニスは胸中で歯嚙(はが)みする。

リーセリアの足元に現れた光は、〈転移〉の魔法陣だ。

彼女は、どこか別の場所に連れ去られてしまった。

（……落ち着け。まだ間に合う）

魔杖を握る手に力を込め、自身に言い聞かせる。

見たところ、魔法陣の構造は、さほど大掛かりなものではなかった。

――であれば、そう遠くへ転移したわけではないはずだ。

焦燥に駆られながらも、魔導師としての理性が冷静に判断する。

それに――

と、レオニスは、自身の左手に浮かんだ刻印に眼を落とした。

彼女とは、眷属の契約刻印で魂が結ばれている。

……追うことはできるはずだ。

「お嬢様っ、セリアお嬢様――――っ！」

「レギーナさん！」

主の姿を探し、悲鳴のような声を上げるレギーナの腕を、レオニスは掴んだ。

「……!?」

「大丈夫です。セリアさんは、僕が必ず、連れ戻しますので」

「少年……」

「敵がいます。今は、そっちに集中してください」

「……」

落ち着いた声で言うと、レギーナは息を呑み、こくっと頷く。

（……しかし、何に攻撃された？）

レオニスは、立ちこめる砂煙の向こうに眼をこらす。

――〈ヴォイド〉なのか。しかし、まったく気配を感じなかった。

「――おかしいな。虚無の匂いは、すぐにわかるんだけど」

と、瓦礫を踏む音と共に、声が聞こえた。

振り向くと、〈雷切丸〉を手にした咲耶だ。

彼女の左眼は、琥珀色の輝きを帯びていた。

――〈時の魔神〉の〈魔眼〉。

〈魔眼〉の力で、体感時間を瞬時に加速し、攻撃を回避したのだろう。

（……すでに〈魔眼〉の力を我が物としているな、末恐ろしい）

レオニスは〈封罪の魔杖〉を軽く振るった。

激しい突風が巻き起こり、あたりに漂う砂煙を一気に吹き散らす。

砂が晴れ――

「……なっ⁉」

レオニスは、思わず驚きの声を上げた。

広場の周囲をぐるりと取り囲む、大小無数の影。

「……あれは、なんだ？」

「なんです、あれ⁉」

咲耶が眉をひそめ、レギーナが眼を見開く。

（まさか……！）

——ざっと数えて、数十体は超えているだろう。

広場の周辺だけでなく、離れた建物の上にも展開し、包囲網を構築している。

それは、輝く虹色の金属に覆われた、体長二メルトほどの敵影だ。

その多くは、蜘蛛に似たフォルムをしており、全身に埋め込まれた、無数の眼のような器官が、青く無機質な光を放っている。

「……〈ヴォイド・シミュレータ〉？」

レギーナが、ぽつりと呟く。

〈聖剣学院〉の学院生が訓練用に使う、〈ヴォイド〉を模した魔導兵器。

たしかに、この時代の人類が連想するのは、それだろう。

だが、レオニスは、この奇妙な存在を知っていた。

（……〈機骸兵〉だと!?）

——機骸兵。〈光の神々〉の来訪以前に存在したとされる、超古代文明の遺物。

生命を持たず、意思を持たず、星の魔力を取り込んで動く殺戮兵器だ。

（……どうりで、一切気配を感じなかったはずだ）

——しかし、なぜ、このウル＝シュカールに〈機骸兵〉の群れが跋扈しているのか？

〈機骸兵〉は、八魔王の一人――〈機神〉麾下の軍団だ。

〈機神〉の消滅と共に、すべての個体が、その機能を停止したはずだった。

リイイイイイイイイイイイッ――

と、集結した〈機骸兵〉の軍団が、同時に耳障りな音を発した。

金属の甲殻が、激しい光を放ち、尾のような器官を一斉にもたげる。

「――来るよ！」

〈時の魔眼〉が、数秒先の未来を視たのか、咲耶が跳躍した。

「――〈力場の障壁〉！」

レオニスは、即座に半球状の防御障壁を展開。

直後。魔力砲の砲撃が嵐のように降りそそぐ。

ズオンッ、ズオンッ、ズオオオオオオオオオオオオオオンッ！

「レギーナさん、僕のそばにいて、伏せていてください」

「少年？　わ、わかりました……きゃあっ！」

鳴り響く轟音に、レギーナはその場で耳を塞いでうずくまる。

（……さすがに、この数は面倒だな）

〈機骸兵〉は魂を持たぬ故に、レオニスの得意とする〈死の領域〉の魔術が通じない。

また、対魔術特性も竜種に次いで高く、生半可な威力の魔術は弾いてしまう。

（……魔力を温存したいところだが、しかたあるまい）

防御障壁を展開しつつ、レオニスは〈封罪の魔杖(まじょう)〉を地面に突き立てた。

「吹き荒れよ、黒き滅びの嵐――！」

詠唱するのは、第八階梯(かいてい)の広域殲滅(せんめつ)魔術。

はるか頭上の虚空(こくう)に、無数の黒いクリスタルの欠片(かけら)が出現する。

クリスタルの刃(やいば)は空中で集まると、魚群のように〈機骸兵〉に突撃した。

――〈餓喰黒剣群(アヴィス・ゾール)〉。

旧魔王、ゾール・ヴァディスの開発した魔術に、レオニスが改良を加えたものだ。

ザリザリザリザリザリ――と、金属を貪る音が、連続してあたりに響いた。

まるで、存在そのものを削りとるかのように、〈機骸兵〉を貪り喰(く)らう。

同時。峻烈(しゅんれつ)な雷光が、前方に固まる群れに斬り込んだ。

――咲耶だ。

「はあああああああああっ！」

〈雷切丸(らいきりまる)〉の斬光が閃(ひらめ)き、〈機骸兵〉の多脚を次々と斬り飛ばす。

咲耶の姿は、まるで、処理落ちした映像のように飛んでいた。

〈時の魔眼〉の未来予測と、〈雷切丸〉の〈加速〉の権能を組み合わせ、雨あられと降りそそぐ敵の砲撃を、紙一重で回避する。

だが――

「……っ⁉」

斬り込んだ咲耶の周囲に、新たな魔法陣が出現する。

〈転移〉の魔法陣から、続々と現れる〈機骸兵〉の軍団。

「――っ、新手か！」

振り向きざま、咲耶の放った斬撃は、しかし敵のブレードに弾かれる。

砲撃能力を失った代わりに、近接戦闘に特化したタイプのようだ。

（……何者かが、ここに〈機骸兵〉を送り込んでいるようだな）

レオニスは胸中で唸った。

最初の第一陣も、〈転移〉の魔法陣で一気に送り込まれたのだろう。

〈機骸兵〉の群れに意思はない。

しかし、その背後に、何者かの意思を感じる。

おそらく、リーセリアを連れ去った、何者かの意思。

「――咲耶さん、そこから離脱してください！」

レオニスが警告の声を発した。

咲耶は雷を纏い、建物の壁を駆け抜ける。

「――〈極大重波〉！」

第八階梯の重力系統魔術を唱える。
空間が歪み、新手の〈機骸兵〉の群れが、ぐしゃりと一気に押し潰された。
〈増援が無限に来そうだな。一度都市の外に撤退するか──〉
〈魔剣〉を使った今のレオニスは、魔力が極端に減った状態だ。
リーセリアを奪還しに向かう以上、ここで余計な魔力を使うわけにはいかない。
──と、その時。

「少年、あれ、なんです!?」
レギーナが、前方を指差して叫んだ。
〈転移〉の魔法陣から現れた〈機骸兵〉が集結し、次々と積み重なった。
外殻を覆う虹色の金属がどろりと溶け、各個体が有機的に結合。
ひとつの巨大な球体を構築する。
〈まさか──!〉
球体が、眼を焼くような閃光を放ち──
次の瞬間、あたり一体が消し飛んだ。

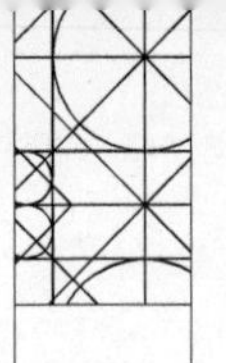

第五章　王国に眠るもの

「……く……けほっ、けほっ……」

咳(せ)き込(こ)みながら眼(め)を開けると、砂煙の立ちこめる暗闇の中だった。

（俺としたことが、しくじったな……）

〈機骸兵(きがいへい)〉は、魔力を無尽蔵に取り込んで活動する、超小型の魔力炉のようなものだ。

――それを複数反応させ、自爆した。

その威力はさすがに凄(すさ)まじく、あたり一帯が吹き飛んだようだ。

〈力場の障壁(ルア・メイレス)〉は展開していたが、足元の地面ごと崩落したらしい。

レオニスの影が、自動で守ってくれなければ、落下の際に大けがをしていたところだ。

（……地下空間……ここは、どこだ？）

レオニスは訝(いぶか)しむようにあたりを見回した。

一〇〇〇年前にも下水道は整備されていたが、ウル＝シュカールの市街に、こんな地下空間はなかったはずだ。

瓦礫(がれき)の中からゆっくり立ち上がると、頭上を見上げる。

……地上まで、一〇メルトはあるだろうか。

濛々と立ちこめる砂煙を透過して、わずかな光が射し込んでいる。

倒壊した建物の瓦礫が、陥没した地面に折り重なり、蓋をしているようだ。

レオニスはハッとして、あたりを見回した。

「――レギーナさん！」

叫んだ声が地下空間に反響した。

……返事はない。

「レギーナさん、どこですか！　レギーナさん！」

〈封罪の魔杖〉に光を灯し、あたりを明るく照らし出す。

と、砂煙にさえぎられた視界の中で、見慣れた制服の色が眼に入った。

「レギーナさん！」

瓦礫を踏み越え、躓きながら、あわててそばに駆け寄った。

「だ、大丈夫ですか――！」

レギーナは、瓦礫の上に身を投げ出し、ぐったりと横たわっていた。

「レギーナさん……」

額からは血が流れていた。

「……っ、少年……？」

レオニスがそばに屈み込むと、彼女はわずかに眼をあけ、微笑んだ。

「……無事、で……よかっ……た、です──」

レオニスの頬に手を伸ばそうとして──

そのまま、力尽きるように、意識を失った。

「……っ！」

レオニスは、彼女を抱き起こそうとして、思いとどまる。

頭を負傷している状態で、無理に動かすわけにはいかない。

──〈不死者の魔王〉は、治癒の魔術は使えない。

苦手なのではなく、〈死〉への誓約により、使うことができないのだ。

（……たしか、学院の救急キットがあったはずだ）

自身の影の中から、支給された救急キットを呼び出した。

〈聖剣学院〉の応急手当の実習で使ったことはある。

（せめて止血を──）

たどたどしい手つきで、包帯を巻いていると、

「そこにいるのは、少年かい？」

背後から声をかけられ、レオニスは振り向く。

「……咲耶さん」

瓦礫を踏み越え、歩いてきたのは〈雷切丸〉を手にした咲耶だった。

「不覚をとった。まさか、自爆するなんて……」

「咲耶さんは、怪我(けが)はありませんか？」

「ああ、ボクは平気だよ」

〈時の魔眼〉で一瞬先の未来を察知し、〈雷切丸〉の〈加速〉の権能で、爆心地から離脱したのだろう。

「レギーナ先輩は、意識がないのか？」

「たぶん、落下したときに脳震盪(のうしんとう)を起こしたんだと思います」

「ちょっと、いいかい？」

咲耶はレギーナのそばに屈(かが)み込むと、浅く上下するレギーナの胸に手をあてる。

「なにを……」

「ちょっとした、おまじないさ」

咲耶のかざした手が、淡い燐光(りんこう)を放った。

「なんですか、その光は……？」

レオニスは訝(いぶか)しげに訊(たず)ねた。

魔力の光ではないように思える。

「〈桜蘭(おうらん)〉の民に伝わる力だよ。ボクは巫女(みこ)だからね」

「……あの結界の話は本当だったんですね」

「ん、なんだ信じてなかったのか。〈桜蘭〉は元々、鬼族の末裔でね、こういう不思議な力が使えるんだよ」

「鬼族の末裔？」

「ああ、大昔に〈桜蘭〉のあたりを支配していた鬼族が、人間と交わって国を興した。その子孫が、ボクたち〈桜蘭〉の民だっていう、古い言い伝えだよ」

（鬼族といえば、オーガの亜種だな……）

オーガ族を統率していたのは、〈鬼神王〉――ディゾルフ・ゾーアだ。

（奴も、魔術とは異なる不思議な力の使い手だったが……）

と、咲耶はそっと、レギーナの額から手を離した。

「しばらくすれば、眼を覚ますよ。〈聖剣士〉は生命力が強い、大丈夫だと思う」

「助かりました。咲耶さん」

レオニスは安堵の息を吐き、その場に座り込んだ。

咲耶も瓦礫の壁に背をもたせ、地面に腰掛ける。

「なに、ボクがいなくても、君なら助けられたよ」

「……？」

話しかけてくる咲耶に、レオニスは首を傾げた。

「いえ、僕はただ包帯を巻いただけで――」

「違うよ――」

と、咲耶は首を横に振る。

そして――

「レギーナ先輩には、〈魔眼〉をあげないのかな、〈魔王〉――ゾール・ヴァディス」

彼女の鋭い眼差しが、レオニスを見つめていた。

◆

「……レオ君？　レギーナ！　咲耶！」

暗闇に満ちた、広大な空間で、リーセリアは声のかぎりに叫んだ。

突然、謎の光に包まれ、気が付けばこの場所にいたのである。

「ここは一体、どこなの……？」

リーセリアはあたりをきょろきょろと見回す。

吸血鬼である彼女は、夜眼は利くのだが、手がかりとなるような物は発見できない。

ここはどこで、なぜ、彼女が連れてこられたのか……？

状況がまるで呑み込めず、戸惑っていると――

ヴンッ――

不意に。リーセリアの目の前に、眩い光が現れた。

「……っ、な、なに⁉」

びっくりして、腰を抜かしてしまう。

虚空に現れたのは、直径二メルトほどの光球だ。

ぼんやりと青白く発光し、その外周を、未知の文字が回っている。

(これって……)

その光球に、彼女はなんとなく見覚えがあった。

(フィーネ先輩の〈天眼の宝珠〉そっくり……)

──と、光球は、へたりこんだリーセリアの顔の位置まで降下してきた。

未知の文字の羅列が、超高速で回転する。

「……っ⁉」

リーセリアは思わず、両手で肩をかき抱いた。

まるで、巨大な眼に、すべてを暴き出されているような感覚。

──やがて。文字の羅列が消え、光球は再び彼女の頭上に上昇した。

そして──

『──〈マスター〉であることを、確認』

「……喋った⁉」

リーセリアはまた、腰を抜かしてしまう。

あわててあたりを見回すが、人の姿はない。

……間違いない。反響する無機質な声は、この光球の発したものだ。

「……あ、あなたは、なに？」

警戒しつつ、恐る恐る訊（たず）ねると――

また、光球の周囲に文字の羅列が現れた。

『わたしは、〈王国〉の守護者――〈シュベルトライテ〉』

「……守護者？」

返事があったことに驚きつつ、眉をひそめる。

（……守護者、ということは、なにかを守っている？）

リーセリアは息を呑（の）み、

「あなたが、わたしをここへ連れてきたの？」

『――肯定』

無機質な声が響く。

「……ええと、どうして？」

『貴女（あなた）は、わたしの待ち続けた、封印を解く資格者』

「マスター？　資格者？　な、なんのこと……？」

リーセリアは首を傾げるが――

光球は、すーっと音もなく暗闇の奥へ移動する。

「ま、待ちなさい！」

リーセリアは立ち上がり、あわてて光球を追いかけた。

光球の速度は、それほど速くない。早歩きですぐに追い付く。

「連れて来たのはわたしだけ？　レオ君たちはどうしたの？」

『――王国への侵入者は、排除しました』

「排除……？」

リーセリアはぴたっと足を止めた。

「……っ、まさか、みんなを――！」

全身の血が沸騰し、白銀の髪が魔力を帯びて輝く。

「どういうこと！　レオ君たちになにをしたの！」

再び追い付いて、光球を拳でガンガン叩く。だが、光球の正体はなにかの金属らしく、

〈吸血鬼〉の力で叩いてもびくともしない。

「……っ、どうして黙ってるの、ねえ！」

――完全に無反応。

やがて、叩き続けているうちに、リーセリアも冷静さを取り戻す。

（……だ、大丈夫よね。だって、レオ君がいるんだもの）

彼のそばにいれば、レギーナも咲耶(さくや)も、きっと守ってくれる。

……それでも、やっぱり、不安はあった。

彼はあの剣を使って、すごく体力を消耗している。

（……それに、昨晩はいっぱい、血を吸ってしまったし）

唐突に、光球がピタッと移動を停止した。

「ふああっ！」

バランスを崩し、その場に倒れ込むリーセリア。

「な、なに……？」

ヴウウウウウウウン――

光球が、頭上で共鳴するような音を発する。

と、同時――

「え、えええええええええっ!?」

足元の地面がふっと消失し、リーセリアは底なしの闇に落ちてゆくのだった。

◆

「――おや、妙ですね」

ウル＝シュカールの城壁から、市街を見下ろして――

白髪の青年司祭は呟(つぶや)いた。

視線の先には、廃墟(はいきょ)と化した広場があった。

「戦闘の形跡があるようです」

〈使徒(アポストル)〉――ネファケスは首を傾(かし)げる。

この都市の遺跡には、〈ヴォイド〉さえ寄せ付けない、強力な守護者がいる。

ゆえに、〈使徒〉はこれまで手を出すことが叶わなかった。

「――守護者が、〈ヴォイド〉と交戦を？」

ネファケスの背後にいる、白装束の少女が訊(たず)ねた。

「さて、どうでしょうね。虚無の気配は感じませんが」

ネファケスは薄ら笑いを浮かべ、破壊の痕跡をじっと観察する。

それから、ふわり、と城壁の内側に降り立った。

白装束の少女も、あとを追うように跳躍する。

目の覚めるような青い髪が、風に流れ、ひらりと舞った。

――と、その瞬間。

無数の魔法陣の光が、二人を取り囲むように展開する。

魔法陣の中から、金属の甲殻を持つ〈機骸兵〉が、次々と現れた。

「──〈機神〉の尖兵。歓迎してくれているようですね」

「ネファケス卿、お下がりください──」

青髪の少女が刀を構え、前に出る。

「必要ありませんよ、刹羅──」

ネファケスは微笑むと、周囲の〈機骸兵〉を見回した。

「おいで──人の妄執の生み出した、偽りの〈女神〉よ」

ピシッ、ピシピシッピシピシッ──！

ネファケスの頭上に、虚空の亀裂が生まれた。

その亀裂を裂くように──

翼の生えた、美しい少女が姿を現す。

──〈熾天使〉。

〈女神〉の欠片を核として組み込んだ、〈人造精霊〉──その完成形。

以前は掌に乗る妖精のような姿であったが、今の彼女はまるで、〈光の神々〉の使役したような、より〈天使〉に近い外見をしている。

「──ふふ、可愛い子供たち」

群れなす〈機骸兵〉を見て、熾天使は無垢に笑った。

「さあ、〈熾天使（セラフィム）〉よ。あなたの歌声を、聞かせてあげなさい」

「ええ――」

熾天使（セラフィム）は微笑したまま頷（うなず）くと、

――・・――・・――・・――


両手をひろげて詠いはじめる。

人間には決して聞き取ることのできない、不思議な言語。

それは、〈人造精霊〉が魔導機器を制御する際に使うコードによく似ていた。

〈機骸兵〉の青い眼球が、またたく間に光を失い、その場にくずおれた。

進化した人類の魔導技術が、超古代文明の遺産を、内側から書き換えてゆく。

やがて、すべての〈機骸兵〉が停止すると、〈熾天使（セラフィム）〉は詠うのをやめた。

「――これで、おしまい」

と――

活動を停止した〈機骸兵〉の眼（め）に、再び青い光が点灯する。

「素晴らしい」

ネファケスは賞賛の声を上げ、手を叩（たた）いた。

「魂を持たぬゆえ、あの〈異界の魔王〉でさえ、支配することがかなわなかった〈機神〉の尖兵を、こうも容易（たやす）く手に入れることができるとは」

拍手を続けながら、また通りを歩き始める。

ネファケスの歩みに従って、〈機骸兵〉の群れが整列し、共に行進をはじめた。

「さあ、行きましょう。王国に封印されしものを、手に入れるのです――」

◆

「なっ……！」

咲耶の口にした言葉に、レオニスは数秒間、固まった。

そして――

「……な、なんのことですか？　まおう？」

ようやく、冷や汗まじりに口を開く。

「……」

……気まずい沈黙。

咲耶は、ふうと嘆息して、肩をすくめた。

「いや、ここで誤魔化すのはないと思うよ」

「え、ええっと、なんのことでしょう、か……」

「あのさ、少年……」

完全に挙動不審なレオニスを、咲耶はジト眼で睨むと、

「あんな力を間近で見せられたら、さすがに気付くよ」

「うぐ……」

思わず、レオニスは喉の奥で唸った。

（……しまった、さすがにやりすぎたか！）

〈機骸兵〉に、第八階梯の高位魔術を連発してしまった。

たしかに、あれを〈聖剣〉の力とするのは、無理がある……かもしれない。

「まあ、なんとなく、薄々は気付いてたけどね。君があの〈魔王〉だって」

「……～っ！」

「なにか、ボクに言うことはないのかな、少年？　ねえ、少年？」

咲耶は、じっと口をつぐむレオニスの頬を、指先でつんつんつっつく。

……つんつん。つんつん。

「くっ……」

これ以上は、誤魔化しようがあるまい。

レオニスはやれやれと首を振り、

「見破られましたか。完璧に偽装していたつもりだったんですけどね」

「いや、あんまり完璧じゃなかったよ」

鋭く突っ込まれる。

「え、そ、そんなはずは……」

「まあ、たしかに、ボクは少年と同じ小隊にいたからこそ、気づけたっていうのはあるかもしれない。けど、ゾール＝ヴァディスが現れたタイミングといい、たまに見せる少年の活躍といい、なんとなく、怪しいなとは思っていたよ」

咲耶はひと差し指をたてて、

「〈聖剣剣舞祭〉のときも、なんだか動きが怪しかったし、なにより、影の中から戦闘車両(バトル・ヴィークル)を出したのはやりすぎだよ。あれ、〈第〇三戦術都市(サード・アサルト・ガーデン)〉で拾ったものじゃなくて、〈帝都〉の裏ルートで買い付けたものだろう？」

咲耶の指摘に、レオニスはぐぬぬと唸るしかない。

（……～っ、シャーリめ、バレているではないか）

〈聖剣剣舞祭〉のときにいたのは、シャーリの扮(ふん)する影武者だ。

よもや、リーセリアにバレるだけでなく、咲耶にまで怪しまれていたとは。

（……まあ、正体がバレてしまったのは、しかたあるまい）

こうなれば、開き直るしかない。

レオニスはこほんとひとつ、咳払(せきばら)いして、

「……それで、僕の正体を知って、どうするんですか？」

鋭い眼光で、咲耶の眼を見つめかえした。

彼女の返答如何では――

(……記憶を消さねばならない)

と――

咲耶は、ほんの少しだけ、考える素振りを見せ――

「……そうだね。とくに何もしないよ」

「――何も?」

「君のことを〈聖剣学院〉に報告する気はないし、先輩たちに言うこともない」

彼女は首を横に振った。

「どうして、ですか……?」

レオニスが訊ねると、

「まず、ボクは故国を滅ぼした〈ヴォイド〉に復讐できれば、それでいい。そもそも、

〈聖剣学院〉に在籍しているのは、べつに人類を守る剣となるためじゃない。〈ヴォイド〉を狩るのに都合がいいからだ」

咲耶は言った。

「それに、力を求めて〈魔王〉の手を取ったのはボク自身だ。ボクはボク自身の意思で、この〈魔眼〉の力を受け入れた――」

彼女の左眼が、わずかに琥珀色の光を帯びて輝く。

「たとえ少年の正体が〈魔王〉でも、ボクと少年の関係は変わらないよ。ボクは〈聖剣学院〉第十八小隊所属のチームメイトで、〈魔王〉の剣士だ」

そう言って、ふっと微笑む咲耶に——

「……そうですか」

と、レオニスは呟いて、

「では、咲耶・ジークリンデよ。お前と俺は、秘密を共有する共犯者というわけだ」

悪い微笑を浮かべてみせる。

「ふぅん、それが少年の素なのかい?」

咲耶はわずかに眼を見開き、面白そうに言った。

「ま、まあ、素というか、なんというか……」

……なんだか急に気恥ずかしくなり、顔を赤らめる。

十歳の少年の肉体に、精神が引きずられているのか、最近では、どちらが素なのか曖昧になってきた。

(……～っ、やはり、〈魔王〉の仮面がなくてはだめだ!)

うつむくレオニスの耳もとに、咲耶がすっと顔を近づける。

「それに、〈魔王〉の君も、今の君も、可愛い少年にかわりはないよ」

「……っ⁉」

ふっと耳朶に息を吹きかけられ、ドキドキしてしまう。

咲耶は悪戯っぽく微笑むと、密着している身体をすっと離した。

「セリア先輩は、君の正体を知っているのかい？」

「〈ゾール・ヴァディス〉のことは話していませんよ」

問われ、レオニスは首を振った。

生真面目なリーセリアのことだ。

もし、レオニスが、反帝国組織を束ねる首魁となっていることがバレれば、卒倒してしまうに違いない。

「ふふ、そうか。それじゃあ、ボクと少年だけの秘密だね」

「……まあ、そういうことになりますね」

「秘密の関係、なかなかスリリングじゃないか」

咲耶は〈雷切丸〉を手に、立ち上がる。

「——さて、それじゃあ、セリア先輩を助けに行こうか」

レオニスも真剣な表情で頷き、立ち上がった。

「ええ」

「少年は、先輩がどこに連れ去られたか、わかるのかい？」

「……はい、そう遠くじゃないはずです」

契約の刻印が、眷属（けんぞく）がまだ近くにいることを教えてくれる。

「それも〈魔王〉の力かい？」

「ええ、まあ……」

レオニスは曖昧に頷いた。

リーセリアが不死者（アンデッド）の眷属であることは、彼女のためにも隠しておきたい。

咲耶は、意識を失っているレギーナのほうに視線をやった。

「レギーナ先輩はどうしようか。ここに置いていくわけにはいかないし」

たしかに、〈機骸兵（きがいへい）〉がまた現れないとも限らない。

「しかたありません。僕の影の中で眠らせておきましょう」

レオニスが指を鳴らすと、レギーナ自身の影が、くるくると彼女に巻き付いた。

蓑虫（みのむし）のようになった彼女を、レオニスの影の中にズズズ……と沈める。

「それじゃあ、行きましょう」

「お供します、魔王様」

「……」

「なんだい？」

「……ま、魔王様はやめてください」

レオニスが憮然（ぶぜん）として言うと、咲耶（さくや）はくすっと微笑した。

◆

……どれほどの時間が経過したのだろう。

永遠に落ち続けるのかしらと疑問に思いはじめた頃、ようやく、降下が止まった。

リーセリアの身体（からだ）が一瞬、ふわりと浮かんで、ゆっくりと地面に着地する。

「……こ、こんどは、なに？」

戸惑いつつも、あたりを見回す。

……先ほどのホールとは違い、ここにはわずかな光があった。

切り出された石壁に刻まれた、奇妙な紋様が青白く光っているのだ。

リーセリアの脳裏に、なにかひっかかるものがあった。

（……ここ、なんだか、どこかで見たような気がする）

数歩、歩いてみるうちに、思い出した。

（レオ君の眠っていた遺跡に似ているんだわ……）

ヴンッ――

また、彼女の頭上に、あの光球が出現した。

「……ふああっ、お、おどかさないで！」

見上げて文句を言うが、光球は無視して、通路の先へと進む。

しかたなしに、リーセリアはあとを追いかけた。

「ここは、なんなの？　さっきの場所とは、また雰囲気が違うようだけど……」

『――ここは、〈魔王〉の霊廟』

「……魔王？」

と、眉をひそめて訊き返す。

『私のマスターたる御方は、眠れる〈魔王〉を守護するよう命じられた』

と、通路の先にある巨大な扉の前で、光球が停止した。

光球の周囲に、文字の羅列が浮かび上がり、高速で回転をはじめる。

やがて、重々しい音をたて、扉がゆっくりと開いた。

「……!?」

――扉の奥に、巨大なクリスタルの結晶があった。

輝く闇をたたえた、漆黒のクリスタルだ。

「これって……」

このクリスタルにも、リーセリアは見覚えがあった。

「レオ君の眠ってたのと同じ……？」

見上げて、眼を見開く。しかし、そのクリスタルは、以前にリーセリアの見たものよりも遥かに大きく、中を見通すことはできない。

『世界の分かたれた日より、わたしは守護者として、これを守り続けてきた』

「……な、なんのこと？　これは一体、なに？」

『これは眠れる〈魔王〉の棺』

光球の無機質な声が反響する。

『〈女神〉の魂を継承する者のみが、彼を目覚めさせることができる――』

「……め、がみ……？」

訝しげに呟いた、その時。

眼前のクリスタルが、激しい光を放った。

「……っ!?」

同時。脳裏に、膨大なイメージの奔流が流れ込んでくる。

（……こ、れは、なに？）

そして――

リーセリアの意識は、闇の中に深く沈み込んでいった。

第六章　共鳴

――そこは、雨の降りしきる、裏路地だった。

粗末な襤褸をまとった少年が、濡れた石畳に座り込み、泥まみれになったパンのかけらを、力なく口に運んでいる。

少年の目には、光がなかった。だから、気付くのが少し遅れた。

それは、彼女のよく知る少年の顔だった。

（……レオ君？）

リーセリアは、少年を抱きしめたい衝動に駆られ、走ろうとした。

けれど、足が動かない。

……いや、違う。自分の身体がどこにもないのだ。

まるで、景色の一部になってしまったかのような、そんな感覚だった。

（……夢……なの……？）

それにしては、やけにリアルで生々しい。意識もはっきりとある。

――と、路地に座り込んだ少年の前に、騎士の服を着た青年が現れた。

黄金色の髪をした青年は、屈み込むと、少年の手をとった。

目眩のような感覚に襲われ、視界が暗転する。

次に眼に飛び込んできたのは、黒雲の垂れ込める荒れ地だった。

さっきの少年が、必死に剣を振るい、血まみれになって、どこか〈ヴォイド〉に似たような姿の魔物たちと戦っていた。

また視界が切り替わった。

こんどは、白馬に乗って、都市の通りを歩く少年の姿が見えた。

通りの両脇には大勢の人々が集まって、歓喜の声を上げ、少年を褒め称えた。

けれど、少年の顔はそれほど晴れやかには見えなかった。

（なんだか、いつものレオ君のほうが、楽しそう……）

そして――

（え……？）

また、雨だった。

血にまみれた泥の中で、少年は全身を剣で貫かれ、倒れていた。

（――レオ君っ！）

リーセリアは悲鳴のような叫びを上げるが、その声が届くことはない。

駆け寄って、抱きしめることもできない。

（レオ君、どうして、レオ君……!?）

……これが、現実じゃないことはわかっている。
それでも、どうして、彼がこんな目に遭わなければいけないのだろう――？
と、血だまりに倒れた少年のそばに、一人の少女が現れた。
どこか人間離れした美貌を持つ、艶やかな黒髪の少女――
彼女は、少年に手を差し伸べ、言った。
「――少年、君はこの世界を正しいと思うかい？」
暗転。景色はめまぐるしく変わり続ける。
視界に飛び込んできたのは、無数の不死者の軍勢だ。
平野を埋め尽くした骨の兵士たちが、人間の軍勢と戦っている。
不死者の軍勢を率いるのは、杖を手にした、異形の化け物。
戦火は平野から大陸へと、はてしなく広がり続ける。
そして、再び意識が途切れる――……

◆

重く規則的な足音が、石畳の地面を踏み鳴らす。
ウル＝シュカールの遺跡を蹂躙し、〈機骸兵〉の群れが進軍する。

「――なんと脆(もろ)い。これが、我々を阻(はば)み続けていた、〈機神〉の尖兵(せんぺい)とは」

哀れむように言って、ネファケスは〈機骸兵(きがいへい)〉と共に歩みを進める。

彼の頭上では、翼をひろげた〈熾天使(セラフィム)〉が、美しい歌声を響かせている。

〈転移〉の魔法陣で送り込まれてくる〈機骸兵〉の増援が、次々と同士討ちをはじめ、やがて、彼女の完全な支配下に置かれた。

〈機骸兵〉は魂を持たぬ存在ゆえ、虚無に侵蝕(しんしょく)されることがない。

ゆえに、この遺跡を守り続けるのに、最も適した兵士のはずだった。

しかし、〈機骸兵〉の本質は、魔力を動力源とした魔導機器だ。

そして皮肉にも、人類は魔導機器を制御する〈人造精霊(アーティフィシャル・エレメンタル)〉を生み出した。

進化を遂げた人類の魔導技術と、〈女神〉の欠片(かけら)の融合。

そして、ディンフロード・フィレットという、一人の人間の妄執。

それによって生み出された人造精霊――〈熾天使(セラフィム)〉は、〈機骸兵〉を統括する〈機神〉の支配力に干渉し、尖兵を乗っ取ることに成功した。

遺跡の守護者たる〈機骸兵〉が、建物を破壊し、波濤(はとう)のように進軍を続ける。

進軍の目的地は、丘の上にそびえる、ウル＝ログナシア王宮だ。

その地下深くに、〈使徒(アポストル)〉の求める何かが眠っている。

（……封印されているのは、〈獣王〉ガゾス＝ヘルビーストあたりでしょうか？）

しかし、この地に何が眠るのか、それは彼自身も、高位の〈使徒〉も知らぬことだ。

〈使徒〉は、虚無の〈女神〉の預言を、正確に解釈しているわけではない。

「ネファケス卿（きょう）――」

と、青髪の少女が、ふと何かに気付いたように、足を止めた。

「どうした、刹羅（せつら）」

ネファケスが振り向く。

「生者の気配を感じました」

「――ふむ、〈機骸兵〉と戦闘した奴（やつ）かな？」

彼は少しだけ、思案するような仕草をして、

「捨て置くのも気持ち悪いね、始末してきたまえ」

「――承知しました」

刹羅は風を纏（まと）い、姿を消した。

「邪魔はさせないよ。誰にもね」

◆

「……っ!?」

弾（はじ）かれたように、リーセリアは眼（め）を覚ました。

恐ろしい戦火の光景は消え、目の前には、あのクリスタルがあった。

「……今のは、一体……なに……？」

ズキズキと疼（うず）く頭を押さえる。

（……どうして、レオ君が出てきたの？）

……それに、あの美しい少女は誰なんだろう。

今のは、ただの幻覚や夢だったのだろうか。

クリスタルの放つ光はすでに消え、鏡面のような漆黒の闇を映すばかりだ。

『――〈魔王〉解放に失敗、原因不明。再度、資格者の共鳴を――』

と、頭上の光球が声を発した。

「……魔王？　解放？　なんのこと？」

リーセリアが睨（にら）みつつ、訊（き）き返すと、

ザッ――ザザザッ、ザザザッ――……

突然、光球の表面が、さざ波のように乱れた。

「な、なに、どうしたの？」

『――敵……侵入……迎撃、を――……』

無機質な声に、耳障（みみざわ）りな雑音（ノイズ）が混じりはじめる。

そして――

「――マスター、を……一時的に、保護、します――」

「ちょ、ちょっと!?」

突然、リーセリアの身体（からだ）がふわりと浮かび、空中に持ち上げられた。

周囲に光の障壁が現れ、たちまち彼女を閉じ込めてしまう。

「なにするの！　早く出して！」

渾身（こんしん）の力で障壁を叩（たた）くが、まるでびくともしない。

光球は、叫ぶリーセリアを無視して、ふっと姿を消してしまった。

「……っ、わたしのこと、マスターとかなんとか言ってたのに！」

誰もいない闇に向かって、思わず、恨み言を漏らすリーセリア。

いくら叫んだところで、出してはもらえないだろう。

「いいわ、だったら……」

リーセリアは、覚悟を決めたように呟（つぶや）いて、

「聖剣〈誓約の魔血剣（ブラッディ・ソード）〉――アクティベート！」

虚空（こくう）から〈聖剣〉を呼び出した。

「はあああああああっ！」

気合い一閃（いっせん）。〈聖剣〉の刃（やいば）で、障壁を斬りつける。

──が、ガラスを叩くような硬質な音がして、刃はあっさり弾かれた。

「……〜っ、こ、このぉ……！」

◆

「──〈爆裂咒弾〉、〈爆裂咒弾〉、〈爆裂咒弾〉！」

ドォンッ、ドォンッ、ドオオオオンッ！

第三階梯魔術が立て続けに炸裂、群れなす〈機骸兵〉を吹き飛ばした。

「ちっ、数が多いな──〈爆裂咒弾〉！」

もうひとつおまけに呪文を放ち、〈転移〉の魔法陣より現れた敵を粉砕する。

「あの、少年、少年──」

「なんです、咲耶さん？」

制服の袖を引かれ、レオニスは振り向いた。

「正体がバレた途端、急にやりすぎじゃないか？」

死屍累々と横たわる〈機骸兵〉の残骸に目をやり、咲耶はちょっと引いた様子だ。

「そ、そうでしょうか？」

たしかに、隠すことなく力を振るえるのは、なかなか気分がいい。

（……とはいえ、まったく本調子ではないんだがな）

魔力を節約しているため、魔術の威力は大きく減衰していた。

まだ枯渇するほどではないが、リーセリアを攫った者がいることを考えれば、無闇に魔術を使うわけにはいかないだろう。

「それにしても、ここはなんだ？　まるで迷宮だね」

と、咲耶が薄暗い地下通路を見回して、呟く。

レオニスは、すでにこの地下空間の正体を理解していた。

（……おそらく、〈アラキール大図書館〉の一部だ）

〈アラキール大図書館〉は、王宮の地下に存在していたはずだが、あの〈六英雄〉の大賢者は、それだけでは飽き足らず、無限に増改築を繰り返したに違いない。

その図書館の迷宮が、市街の地下にも根のように広がっている、というわけだ。

「先を急ぎましょう」

レオニスは、左手の契約刻印に目を落とした。

先ほどから、わずかな反応しか感じられない。

魔力を遮断するような場所にでも閉じ込められているのか、それとも――

――刹那。

ヒュンッと、風鳴りの音がした。

「……っ、少年！」
咄嗟に、咲耶がレオニスの襟首を掴み、〈加速〉する。
直後、レオニスが立っていた場所の地面が、派手に砕け散った。
「……助かりました、咲耶さん」
襟首を掴まれたまま、レオニスは礼を言う。
今の不意打ちは、影の自動防御も間に合わなかったかもしれない。
「……」
〈雷切丸〉を構え、咲耶は暗闇をじっと睨む。
と——
闇の奥に、幽鬼のような少女の姿が浮かび上がった。
〈桜蘭〉の白装束を着た、青髪の少女。
その顔立ちは、咲耶によく似ていた。
（あれは……）
レオニスは、その少女の姿に見覚えがあった。
〈死都〉でゼーマインにとどめを刺した女だ。
（……どういうことだ？　なぜ、この女がここにいる？）
と、咲耶がレオニスの襟首を離し、すっと前に出た。

「少年、ここはボクに任せてくれないか」

「咲耶さん、でも……」

「少し、彼女と話がしたいんだ」

「……」

言って、咲耶は〈雷切丸〉を構える。

言葉を交わす話し合いではあるまい。

（……因縁の相手、か）

剣でしか、対話できないこともあるだろう。

「……わかりました。気を付けて」

「うん、セリア先輩を頼んだよ」

微笑して頷く咲耶を残し、レオニスは闇の奥へ駆け出した。

◆

「……一体、何が起きているの？」

崩れかけた鐘楼の上、アルーレは這うような姿勢で、下を見下ろしていた。

エルフの隠密の技で、徘徊する〈機骸兵〉から身を隠していたのだ。

遥(はる)か眼下に、整然と列をなした〈機骸兵(きがいへい)〉の群れが見える。

まるで、一〇〇〇年前の戦場の悪夢を思わせる光景だった。

〈機骸兵〉は、〈魔王〉シュベルトライテと共に活動を停止したはずなのに……）

……驚くべきは、それだけはない。

王のごとく、その〈機骸兵〉の軍勢を指揮している、白髪の司祭だ。

「ネファケス……どうして、あの男がここに……」

〈第〇三戦術都市(サード・アサルト・ガーデン)〉で、〈ヴォイド〉をけしかけてきた男だ。

なぜ、〈機神〉の眷属(けんぞく)たる〈機骸兵〉が、あの男に従っているのか。

〈機骸兵〉の軍勢は、まっすぐ、ウル=ログナシア王宮を目指しているようだ。

「嫌な予感しかしない、わね……」

◆

「はああああああっ――血華螺旋剣舞(ブラッディ・スパイラル)！」

螺旋(らせん)を描く血の刃(やいば)を剣尖(けんせん)に収斂(しゅうれん)し、リーセリアは強烈な刺突を放った。

ギャリリリリリリリッ――！

回転する血の刃に穿(うが)たれ、光の障壁が激しく明滅する。

しかし、結局、貫くことはできぬまま、血の刃は霧散してしまった。

「はぁ、はぁ、はぁ……こ、れでも……だめなの？」

肩で息をしつつ、自身を取り囲む障壁を睨(にら)んだ。

〈真祖のドレス〉は、すでに身に纏(まと)っている。

〈吸血鬼の女王(ヴァインパイア・クイーン)〉の莫大(ばくだい)な魔力を身体能力に変換する〈暴虐の真紅(スカーレット・タイラント)〉のモードだ。

魔力を激しく消耗するため、そう長時間、着ていることはできない。

「……早く、レオ君の……ところに、行かない、と……！」

拳で障壁を殴りつける。なにもできないまま、ただ焦燥だけが募る。

と——

〈魔力の収斂に無駄が多いわ。それじゃ、一生かかっても壊せないでしょうね〉

唐突に、頭の中に声が聞こえた。

「……え？」

思わず、障壁の中できょろきょろと首を動かした。

あのシュベルトライテとかいう光球の、無機質な声ではない。

どこかで、聞き覚えのあるような……

〈——魔力を一点に集中しなさい〉

と、声は続ける。

〈相手は動き回る敵じゃない、ただの壁なんだから、全身を強化する必要はないでしょ〉

リーセリアはハッとした。

……たしかに、その通りだ。

魔力を全身の強化に使うのではなく、一点に集中して乗せれば——

この障壁を穿つことができるかもしれない。

けれど——

「……そ、そう簡単にはいかないわ。どうすればいいの？」

脳裏に聞こえる声に訊ね返す。

この溢れる莫大な魔力を、一点に集中させる。

感覚的には理解できても、実際に魔力をコントロールするのは難しい。

なにしろ、彼女はまだ新米の〈吸血鬼の女王〉なのだ。

〈このあたしが力を貸してあげるわ、指示に従いなさい〉

「え？　は、はいっ——！」

声の正体がわからぬまま、しかし、リーセリアは真面目に返事をした。

……アドバイスは素直に聞く、体育会系の貴族なのだ。

〈まずは眼を閉じて、深呼吸よ——〉

リーセリアは眼を閉じて、言われた通りに深呼吸をはじめる。

〈剣を持った手に、身体（からだ）をめぐる魔力を収斂（しゅうれん）させるイメージをして〉

（こ、こうかしら……？）

〈誓約の魔血剣（ブラッディ・ソード）〉を手にした右腕に、魔力を集めるイメージをする。ただ、イメージするだけで、実際に魔力の流れをコントロールすることはできない。

〈上出来よ。そうしたら、自分を最強のドラゴンだと思いなさい〉

（ド、ドラゴン……？）

リーセリアは胸中で訝（いぶか）しんだ。

……なにを言っているんだろう、この声は。

ドラゴンは、おとぎ話に出てくるような、大昔の生き物だ。

（そんなの、うまくイメージできない……）

〈しかたないわね、こういうのよ！〉

——と、戸惑うリーセリアの脳裏に、突然、鮮明なイメージが浮かんできた。

燃える焔（ほのお）のような、真紅のドラゴンだ。

そのドラゴンを見た瞬間、全身の血が沸き立つような感覚があった。

（ドラゴン……そう、わたしはドラゴンなのね……！）

心の中で唱えるたび、全身をめぐる魔力が、剣を握る一点に収斂するのを感じる。

〈——いいわ、やっぱり素質はあるわね。それじゃ、その剣を構えて——〉

リーセリアは言われるままに、〈誓約の魔血剣(ブラッディ・ソード)〉を構えた。
利き腕に込められた莫大(ばくだい)な魔力が、〈聖剣〉の刃(やいば)を輝かせる。
そして——
〈——叫びなさい、ファイナルドラゴンアタック！〉
（え、ええええっ⁉）
思わず、収斂(しゅうれん)した魔力が霧散しそうになる。
〈なにしてるの！　もう一度言うわ、ファイナル・ドラゴン・アタックよ！〉
「……っ、ファ、ファイナルドラゴンアタ————ック！」
やけっぱちで叫び、リーセリアは〈聖剣〉の刃を、障壁めがけて突き込んだ。
剣尖(けんせん)が、一点を穿(うが)ち抜き——
リイイイイイイイイイインッ！
澄んだ音をたて、彼女を閉じ込める魔力の障壁が砕け散った。
「……や、やった！」
戸惑いつつも、快哉の声を上げるリーセリア。
「あ、あの、ありがとうございま……」
タッと地面に降り立ち、アドバイスをくれた声の主を探す。
……しかし、誰もいない。

あの漆黒のクリスタルがあるだけだ。

（……あの声は一体、なんだったのかしら？）

不可解そうに首を傾げるが、すぐに気を取り直し、

「そうだ。早く、レオ君たちのところに戻らないと……！」

霊廟の入り口へ駆け出そうとして、一度、後ろを振り向く。

──漆黒のクリスタル。

頭の中に流れ込んで来た、あの映像は、夢には思えなかったけれど──

どこか、後ろ髪を引かれつつも、リーセリアは駆け出した。

◆

「第三階梯魔術──〈黒雷招来〉！」

虚空より放たれた一条の黒雷が、襲い来る〈機骸兵〉の群れを穿ち抜く。

「はぁ、はぁ、はぁ……次から次へと、どこから湧いてくる！」

レオニスは息を切らし、地下迷宮を走り続けた。

もともと、体力のない十歳の子供の身体だ。歩幅も小さい。

おまけに、〈魔剣〉に奪われた体力は、まだほとんど回復していない。

「……はぁ、はぁ……おのれ、度しがたい……」

壁に手をつき、呼吸を荒らげていると、

ヴンッ、ヴンッヴンッヴンッ――

〈転移〉の魔法陣から、また〈機骸兵〉が送り込まれてくる。

「消えろ、塵虫がっ――〈破重壊弾〉！」

重力系統の第四階梯魔術が、甲殻に覆われた〈機骸兵〉をまとめて叩き潰す。

（くっ、最強の魔王と呼ばれた、俺の魔力が枯渇しかかっている⁉）

雑魚相手には十分だが、魔術の威力は明らかに減衰している。

〈魔剣〉を使った代償とはいえ、〈魔王〉のプライドは傷つく。

本来は、このような場合に備えて護衛の眷属を付き従えるのだが、今はその眷属を救いに向かっているのだ。

（……っ、まったく、どこにいるのだ！）

と、拳で石壁を叩いた、その時。

左手の甲にある、契約の刻印が、疼くような痛みを発した。

「……っ⁉」

レオニスはハッと眼を見開く。

先ほどまでのほんのわずかな反応とは、明らかに違う。

「状況に何か変化があったのか？」

意識を失っていた彼女が目を覚ましたのか、それとも、どこか閉じ込められていた場所から脱出したのか、それはわからないが——

「ふむ、更に下層のようだな……」

リーセリアの位置さえ、ある程度把握できれば、〈大賢者〉の生み出したこの迷宮を、馬鹿正直に進む必要はない。

「地を穿て、怒りの鉄鎚——〈地雷衝〉！」

ドオオオオオオオオンッ！

足元を起点に地割れが発生し、石の床が崩落した。

レオニスはふわりと浮遊し、そのまま、穴の下へ降下する。

しばらくして、タッと足が床を叩いた。

杖の明かりが、あたりをぼうっと照らし出す。

そこは——通路ではなく、広い空間だった。

下から上まで、壁はびっしりと書架で埋まっているようだ。

（……アラキールの蒐集した本は興味深いが、今は後回しだ）

——と、レオニスを察知したかのように、また〈転移〉の魔法陣が現れる。

「……ちっ、またか——」

軽く舌打ちして、〈封罪の魔杖（まじょう）〉を魔法陣めがけて構え――

「……ん、なんだ？」

眉をひそめる。

魔法陣から現れたのは、これまでの〈機骸兵（きがいへい）〉とは違った。

ゆっくりと、地響きのような音をたてて這（は）い出してきたのは、全長二十メルトはある、巨大な蛇のような〈機骸兵〉だ。

「ほう、デカブツもいるのか――〈爆裂咒弾（ファルガ）〉！」

かまわずに、レオニスは呪文を叩（たた）き付ける。

ズオオオオオオオオオンッ！

吹き荒れる激しい爆風。しかし――

「……なに？」

着弾の直前、蛇型の〈機骸兵〉は障壁を展開。魔術を弾（はじ）いた。

「……対魔術特化タイプか、面倒な」

レオニスにとって、天敵といえる存在だ。

（……俺の第六階梯（かいてい）以上の魔術なら、障壁ごとぶち抜けるだろうが）

全身が重い。魔力が欠乏しかかっているのだ。

〈機骸兵〉が咆哮（ほうこう）し、その巨体をレオニスめがけて叩き付ける。

（……っ、やむを得ぬか！）

レオニスが第六階梯の破壊魔術を無詠唱で放とうとした、その時。

グオオオオオオオッ！

頭上の影から、一頭の黒狼が飛び出し、〈機骸兵〉の首に飛びかかった。

「――ブラッカス!?」

ズウウウウウウウンッ！

〈機骸兵〉の巨体が、書架を巻き込んで倒壊する。

大量の書物が崩れ落ち、砂埃が舞い上がる。

ブラッカスは咆哮し、その顎門で、〈機骸兵〉の首の関節部位を噛みちぎった。

「すまぬ、マグナス殿。〈影の女王〉は自害し、捕らえることはできなかった」

レオニスのほうを向き、ブラッカスは頭を垂れた。

「……そうか。いや、よく来てくれた。助かる」

レオニスは首を振り、黒狼の艶やかな毛並みを撫でる。

「〈機神〉の尖兵どもがなかなか面倒でな。魔力もかなり少なくなっている」

「あの〈魔剣〉を使ってなお、魔力を残していることのほうが不思議だぞ」

ブラッカスは、踏みつけた〈機骸兵〉の頭部を見下ろした。

「それで、これはどういうことだ？　なぜ、〈機骸兵〉がこの遺跡にいる？」

「俺にもわからん。とりあえず、話はあとだ」

レオニスはブラッカスの背に飛び乗った。

「俺の眷属が何者かに攫われた。取り戻しに行くぞ」

「心得た――」

ブラッカスは阿吽の呼吸で頷くと、レオニスの指し示す方向へと走り出した。

◆

「水鏡流剣術――〈閃雷迅〉！」

青白い雷花を散らし、咲耶の剣が奔った。

地下通路の暗闇で、〈聖剣〉の刃と刃が激しくぶつかり合う。

「刹羅……姉様っ……！」

咲耶は奥歯を噛みしめ、交差する刃の向こうを睨んだ。

魔風を孕んで舞う、青い髪。禍々しい真紅の眼。

肌は幽鬼のように白く、その顔立ちは、まるで双子のようによく似ている。

〈桜蘭〉の惨劇は九年前。生きていれば、彼女は二十二歳になっているはずだ。

しかし、目の前の彼女の姿は、あの頃とほとんど変わっていない。

「姉様、どうしてっ――！」

問うべきことは、無論、幾つもある。

なぜ、九年前に殺されたはずのあなたが、甦ったのか？

なぜ、〈第〇七戦術都市〉の魔力炉に封じられた〈雷神鬼〉を解放し、〈桜蘭〉を滅ぼした〈ヴォイド・ロード〉を招来したのか。

――そして。なぜ、ここにいるのか？

しかし、咲耶はその言葉を、すべて呑み込んだ。

いま、それを訊くことに意味はない。

余計なことに気を取られれば、そこにあるのは死だ。

彼女とは、刃を交えること以外に、対話の術はない。

だから――

「はあああああああっ！」

踏み込んで、雷撃を纏う刃を、一気呵成に打ち下ろした。

ギイイイイイイイインッ――！

プラズマ球が弾け、かすかなイオン臭が鼻をつく。

閃く、刃と刃。闇の中に、〈桜蘭〉の白装束が踊る。

（――っ、太刀筋が読まれてる）

姉妹は同じ、〈桜蘭〉伝統の水鏡流、王家に伝わる絶刀技を修めている。

そして――

（剣の技倆は、まだ、姉様のほうが上か――）

〈第〇七戦術都市〉で見えた時は、まるで歯が立たなかった。

技倆だけではない、身体能力が人間離れしている。

――あるいは、彼女はもう、人間ではないのかもしれないが。

「……っ！」

激しく打ち合った後、後ろに跳んだ。

姉の姿を眼前に見据え、間合いを測りつつ、じりじりと移動する。

左眼が疼くように痛む。地上での戦いで、〈時の魔眼〉を使いすぎたようだ。

無理に使えば、神経が焼き切れるかもしれない。

（――けど、使わずに勝てる相手じゃない！）

澄んだ青い瞳が、琥珀色の輝きを帯びる。

「〈魔眼〉――その力、どこで手に入れた？」

「訊きたいことは、剣で訊きなよ、姉様」

咲耶は短く告げた。

「それが、〈桜蘭〉の剣士の流儀だろう」

「――そうだな」

刹羅が、〈聖剣〉を大上段に持ち上げた。

「水鏡流、絶刀技――〈魔風閃嵐〉」

その刃を中心に、颶風が吹き荒れ、激しい渦を巻く。

舞い上がる細かな瓦礫の破片が、咲耶の頰を浅く切った。

風を操る、彼女の〈聖剣〉の権能だ。

彼女が刀を振るうより速く――

「水鏡流、絶刀技――〈雷光烈斬〉！」

咲耶は加速した時間の中を跳んだ。

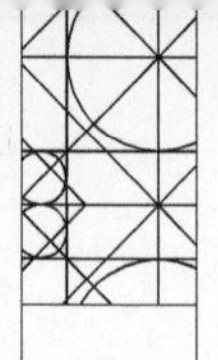

第七章　機神

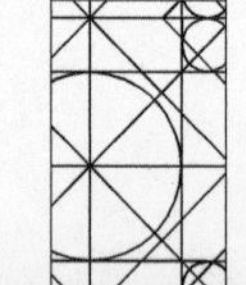

ウル＝ログナシア王宮前の広場に、数百を超える〈機骸兵〉の兵団が押し寄せた。

兵団を率いる偽りの王は、天使を従えた、虚無の〈女神〉の司祭だ。

「幾星霜にわたって虚無の侵攻を拒み続けてきたこの王国も、今日で最後です」

王宮の門の前に立ち、ネファケスはすっと手を振り上げた。

閃光と、鳴り響く轟音。

王国を守護するはずの〈機骸兵〉の兵団が、一斉に門を砲撃しはじめる。

「なんと他愛もない――」

――と、彼が薄く笑みを浮かべた、その時。

ヴンッ――

遙か頭上の虚空に、突然、光球が姿を現した。

「……おや、とうとうお出ましになりましたね」

ネファケスは歓迎するように両手を広げ、その名を告げた。

「〈女神〉に仕えし八番目の魔王――〈機神〉シュベルトライテ・ターミネイト」

『アズラ＝イル魔下、〈魔王軍〉参謀――ネファケス・レイザード』

宙に静止する光球が、無機質な声を響かせた。

『――汝(なんじ)に、〈マスター〉たる資格は認められない』

光球の周囲に、無数の文字が浮かび上がった。

魔導文字が生まれるより昔、遥か太古に滅びた超古代のコード。

『故に、消滅せよ――〈滅神光槍(ラグヴァ・ライテ)〉』

光球より放たれた一条の閃光が、地上を薙(な)ぎ払った。

ズオオオオオオオオオオオオオオンッ――！

噴き上がる火柱が、巨大なカーテンとなって広場を縦断する。

巻き込まれた〈機骸兵〉の群れが、跡形もなく蒸発した。

「ふ、ふふ……ふふふ、素晴らしい」

燃え盛る紅蓮(ぐれん)の炎、揺れる陽炎(かげろう)の中で、司祭が嗤(わら)った。

王宮の広場の中心で、微動だにせず、手を叩(たた)いて喝采する。

「素晴らしい力ですよ、〈機神〉シュベルトライテ。さすがは〈魔王〉の一柱」

『……――不可解な……現象……――』

シュベルトライテの周囲を、無数の文字が走る。

ネファケスは拍手を続けながら、ゆっくりと前に歩き出した。

『――消滅……せよ――〈滅神光槍〉』

ズオオオオオオオオオオオオオンッ——！

再び放たれる、灼熱の閃光。

地面に巨大な裂け目が生まれ、〈機骸兵〉の群れがその裂け目に呑み込まれる。

——だが、ネファケスは悠々と、王宮へ歩みを進めている。

爆風で、彼の白髪がわずかに揺れたのみだった。

「何度やっても無駄ですよ、魔王陛下」

ネファケスはやれやれと首を振り、頭上の光球を見上げた。

「貴方は決して、私を害することはできません」

「……——〈滅神光槍〉」

浮遊する光球が、三度、地上に破滅の光を放たんとする。

——が。

「——無駄だと言ったでしょう」

虚空に生まれた破滅の光は、あえなく霧散した。

「——理解、不能……何故——……」

「ふふっ、ちょっと手間取ってしまったけど——掌握したわ」

と、ネファケスのそばを飛ぶ〈熾天使〉が、可憐な声を発した。

「さて、種明かしをしましょうか、魔王陛下」

ネファケスは肩をすくめて嗤(わら)う。

「古代文明の生み出した破壊神――〈機神〉とはいえ、〈機骸兵〉と同じ、魔導回路を核としていることに変わりはありません。

その魔導回路をコントロールする、人類の叡智(えいち)の結晶たる〈人造精霊(アーティフィシャル・エレメンタル)〉。そして、この〈熾天使(セラフィム)〉に組み込まれた〈女神〉の魂の欠片(かけら)――〈虚無の根源(トラペゾヘドロン)〉」

ネファケスは虚空の亀裂から、小さな黒い石を取り出してみせる。

「〈機神〉の唯一のマスターである〈叛逆(はんぎゃく)の女神〉。その魂を核として組み込んだ〈熾天使(セラフィム)〉を、あなたは絶対に攻撃できない。無論、〈熾天使(セラフィム)〉に守られた私もね」

光球の周囲に展開する光の文字が、別の文字に上書きされてゆく。

それは、古代文明のコードではない。

〈フィレット社〉の開発した、魔導機器を制御するためのコードだ。

「〈機神〉――シュベルトライテ。もとより魂を持たぬあなたは、〈女神〉の器にはなり得ませんが、役には立つでしょう。私の所有する最強の矛として、ね――」

ネファケスが宙に手を差し伸べると、〈機神〉が王宮の真上に移動した。

そして――

「さて、まずは案内していただきましょうか。王国に眠る〈魔王〉の元へ――」

ズオオオオオオオオオオオンッ！

眩い閃光に呑み込まれ、ウル＝ログナシア王宮は地上から消滅した。

◆

垂直の壁を蹴り上げ、リーセリアはひたすらに上を目指す。
闇に舞う真紅のドレス、ひるがえる白銀の髪が、魔力の粒子を散らす。
目指す場所は、眷属の本能でわかった。
彼女の身体に刻まれた、契約の刻印が熱く疼く。
……間違いない。彼が呼んでいるのだ。
（……待ってて、レオ君！）
垂直の壁を一気に駆け上がると、幾筋にも別れた通路があった。
まるで迷宮のようだ。
（きっと、こっちね――）
〈聖剣〉の刃で闇を照らし、リーセリアは直感で進んだ。
魔力強化した肉体で、通路を一気に駆け抜ける。
――と、奥の暗闇に、なにか青く光るものが見えた。
（……っ、あれは、レオ君の杖？）

――否、違う。青い光は、加速度的にその数を増してゆく。
「……な、なに!?」
通路が途切れる。リーセリアは足を止め、〈誓約の魔血剣〉を構えた。
見渡せば、そこは広大なドーム状の空間だった。
先ほどまでいた地下霊廟より、遥かに広い。
その空間を埋め尽くすように、青い光が瞬きはじめる。
光の正体は、無数の眼だった。
――虹色の金属の甲殻に覆われた、蜘蛛のような姿の化け物。
「……まさか、〈ヴォイド〉!?」
だが、何かが違う感じがする。虚無の怪物のような瘴気を纏ってはいない。
むしろ、学院にある〈ヴォイド・シミュレータ〉のようだ。
その正体不明の機械群が、尾のような部位を一斉にもたげた。
――刹那。
〈避けなさい――!〉
脳裏に響く声。リーセリアはハッとして、地面を蹴り上げる。
ズオオオオオオンッ！
尾から放たれた、幾十本もの灼熱の閃光が、リーセリアのいた場所を消し飛ばす。

「……っ!?」

跳躍したリーセリアは、魔力の翼を生み出し、壁を蹴って滑空した。

空中で、〈誓約の魔血剣(ブラッディ・ソード)〉を振り下ろす。

「──〈破魔血風斬(ウインディ・ブラッド)〉！」

飛翔する、鎌のような血の刃(やいば)が、金属の蜘蛛(くも)を斬り捨てる。

そのまま、群れの中心に飛び込むと──

「──邪魔をしないでっ！」

縦横無尽に剣を振るった。

〈こいつらは〈機骸兵(きがいへい)〉──〈機神〉の使役する魔導兵器よ〉

「……魔導兵器？　生き物じゃないの？」

吹き荒れる血風の刃の中心で、頭の中に響く声に訊(き)き返す。

〈──ええ、でも……妙ね。暴走しているように見えるわ〉

「暴走？　……って、さっきから、誰なんですか!?」

リーセリアは叫び、眼前の〈機骸兵〉を蹴り上げた。

──が、敵の数は一向に減る様子がない。

むしろ、どんどん増え続けている。

〈……一体、どこから？〉

あたりに視線を巡らせる。
——と、ホールの壁がバラバラと崩れ、蜘蛛が次々と現れる。
「まさか⁉」
——今更ながらに、気付く。
このホールの壁は、すべて、この機械の蜘蛛で出来ているのだ。
（……っ、巣に飛び込んでしまったようね）
四方八方から放たれる閃光を、〈機骸兵〉の残骸を盾になんとか回避する。
〈真祖のドレス〉による強化がなければ、あっという間に蜂の巣だ。
（けど、このままじゃ、魔力が尽きてしまうわ——）
通路のほうへ視線を向けるが、すでに囲まれていた。
〈——強行突破しなさい〉
「……っ、無茶よ、こんな数——！」
無責任なことを言う声に、言い返した。
リーセリアが倒す数を遥かにしのぐ勢いで、壁の〈機骸兵〉は次々と眼を覚ます。
〈——そうね。今のあなたじゃ、途中で魔力が尽きてしまうでしょうね〉
周囲をぐるりと取り囲んだ〈機骸兵〉が、同時に灼熱の閃光を放つ——！
（……っ、避けられない！）

咄嗟に、魔力の防壁を構えるが、間に合わない。

〈――だから、少しだけ力を貸してあげる〉

リーセリアの胸もとから、血がほとばしった。

リイイイイイイインッ――!

澄んだ音をたて、赤い宝石のブローチが砕け散る。

それは、レオニスに貰った〈竜王の血〉だ。

目の覚めるような真紅に、視界が染まった。

「……な、に……?」

蒼氷の瞳を見開き、呟くリーセリア。

飛散した血は、彼女の周囲を嵐のように荒れ狂う。

ドオオオオオオオオオオオオンッ!

閃光が爆ぜ、凄まじい轟音が、ホールを激しく震動させた。

――だが。リーセリアは火傷ひとつ負っていない。

輝く白銀の髪が、爆風に煽られてはためく。

炎の中、とぐろを巻いて立ち上るのは、一匹のドラゴンだ。

真紅のドラゴンが、リーセリアを守っている。

「……血のドラゴン?」

リーセリアは呆然として、呟いた。

〈ただのドラゴンじゃないわ、〈竜王〉の血よ〉

「もしかして、〈ヴェイラ〉さん!?」

〈違うわ、血に込められた〈竜王〉の意思の残滓。まあ、分身みたいなものね〉

……よくわからないけど、あの〈竜王〉とは違うようだ。

〈まだ未熟なようだけど、特別に力を貸してあげる〉

ブラッド・ドラゴンは、鎌首をもたげ、〈機骸兵〉の群れを睥睨した。

〈――最強の竜種の血、存分に使ってみなさい！〉

「は、はいっ！」

リーセリアは〈誓約の魔血剣〉を構え、斬り込んだ。

「はあああああああっ――――！」

ブラッド・ドラゴンが咆哮し――

燃え盛る焔のように、〈機骸兵〉の群れを貪り喰らった。

◆

「マグナス殿――」

「ああ、近くにいるようだ」

〈大賢者〉の生み出した知識の迷宮を、レオニスは黒狼にまたがって駆け抜ける。

戦闘の音が近い。契約の刻印も、眷属の少女がすぐそばにいると告げている。

レオニスの攻撃呪文が炸裂し、ブラッカスの顎門が〈機骸兵〉の頭部を噛み砕く。

「ブラッカス、この壁の向こうだ！」

「心得た」

ブラッカスは地面を蹴り、壁に映し出された、自身の影の中に飛び込んだ。

と――

「はあああああっ！」

ヒュンッ――！

影の中を抜けた、瞬間。

目の前を、真紅の刃が通り過ぎた。

「おわっ!?」

「……っ、レ、レオ君!?」

眼前に、眼を見開いて驚くリーセリアの顔があった。

「セ、セリアさん、無事でしたか……」

眷属の無事と、間違って斬られなかったことに、安堵の息を吐くレオニス。

「ご、ごめんね、レオ君！　急に出てきたから……」

「いえ、僕のほうこそ、遅くなってすみません」

レオニスは、ブラッカスの背から飛び降りた。

「怪我はありませんか？」

「うん、わたしは大丈夫よ……」

レオニスを見て安心したのか、リーセリアは脱力したように、その場に座り込む。

〈真祖のドレス〉が光の粒子となって消え、もとの制服姿に戻った。

周囲を警戒して見回すと、そこはドーム状の広い空間だった。

あたりには、バラバラになった〈機骸兵〉の残骸が大量に転がっている。

（……ここは、〈機骸兵〉の格納庫か、ずいぶん無茶をしたようだ）

「あの、レオ君……」

リーセリアは顔を上げ、レオニスのかたわらの黒狼をまじまじと見つめた。

「……もしかして、咲耶の飼ってる犬？」

ブラッカスはぐるる、と唸った。

「とりあえず、気にしないでください」

「はあ……」

と、首を傾げる彼女。

それから、きょろきょろとあたりを見回して——

「レギーナと咲耶は？」

「二人とも無事です。ただ、レギーナさんは負傷して、僕の影の中にいます」

「えっ、だ、大丈夫なの!?」

「ええ、今は眠っているだけです」

「それなら、いいけど……」

「咲耶さんは——」

レオニスは少し考えて——

「途中で二手に分かれました。まあ、彼女なら心配ないでしょう」

肩をすくめつつ、首を横に振る。

本当のことを言えば、仲間思いの彼女は、助太刀に行くと言い出すだろう。だが、あの青髪の剣士は、咲耶が一人で対峙すべき相手だ。

「それより、セリアさんのほうは、なにがあったんですか？」

レオニスは訊ねる。

彼女を攫ったのは、一体何者で、何が目的だったのか——？

「そ、そう！　光る球体が出てきて、突然、わたしのことマスターって——」

リーセリアは、魔法陣で転移してからのことを、たどたどしく話しはじめた。

……――。

話しを聞き終えた、レオニスは――

(……馬鹿な、シュベルトライテだと!?)

胸中で驚きの声を上げる。

〈女神〉に仕える八人の〈魔王〉の一人――

〈機神〉――シュベルトライテ・ターミネイト。

魂を持たぬ〈機骸兵(きがいへい)〉を主体とした軍団を指揮し、数多(あまた)の都市を滅ぼした。

〈死都(ネクロゾア)〉や〈天空城(アズール・フォート)〉のような軍事拠点を持たず、〈魔王軍〉の最高会議にも一切姿を現すことがなかったが、レオニスは一度だけ、ロゼリアに呼び出された〈機神〉本体の姿を見たことがあった。

レオニスが見たのも、彼女が見たのと同じ、全長二メルトほどの輝く光球だ。

(〈機神〉は、〈六英雄〉の〈龍神(りゅうじん)〉ギスアークに破壊されたはずだが――)

いや、滅びたはずの〈魔王〉が復活するのは、あり得ることだ。

〈竜王〉も〈海王〉も、そしてレオニス自身も、この時代に復活した。

不可解なのは、シュベルトライテがリーセリアを攫い、マスターと呼んだことだ。

(俺の知る限り、〈機神〉のマスターは、ロゼリアただ一人のはず――)

レオニスは、ホールに散らばった〈機骸兵〉の残骸に視線をくれつつ、

「……その守護者は、一体、なにを守っていたんでしょうか？」

「う、うん、えっと……」

訊ねると、リーセリアは少し、言い淀んだ。

その様子に、レオニスは違和感を覚える。

「……？」

「大きなクリスタルのある場所に連れて行かれて――」

「クリスタル？」

「うん、そこで、ね……レオ君の夢を――」

リーセリアが意を決したように言いかけた、その時。

「――マグナス殿、なにか来るぞ！」

背後に控えていたブラッカスが、警戒の唸り声をあげた。

――直後。

ズオオオオオオオオオオオンッ――！

ホールの天井が崩れ、無数の瓦礫が降りそそいだ。

「……っ、な、なんだ!?」

リーセリアに頭を抱きしめられつつ、舞い上がる砂埃の向こうに眼をこらす。

――と、崩落した天井の穴から、ゆっくりと、人影が降りてきた。

「おやおや、先客がいるかと思えば、あなたたちですか――」

ホールに響く、涼やかな声。

〈人類教会〉の聖服を身に纏った、白髪の青年司祭だった。

「……ネファケス・レイザード」

レオニスは忌々しげに、その名を口にした。

何故、あの旧魔王軍の参謀が、このウル＝シュカールにいるのか。

――そして。なぜ、〈機神〉シュベルトライテを従えているのか――？

光り輝く光球と、天使を背後に従えたその姿は、まるで――

〈〈魔王軍〉の幹部が、〈光の神々〉でも気取っているつもりか？〉

「〈影の女王〉の招いた贄の中にいたのか……いえ、偶然とは思えませんね」

ネファケスは、二人を見下ろし、思案するように呟いた。

「――ふむ、あるいは、〈異界の魔王〉の端末なのか？」

〈……誰が〈アズラ＝イル〉の端末だ〉

と、怒りつつ、レオニスは訝しむ。今の奴の口ぶりだと、この連中の勢力は、〈アズラ＝イル〉とは敵対しているように聞こえるが――

「……まあ、いいでしょう。あの方の端末だとすれば、たいした価値はない。そこの〈吸血鬼〉の娘には多少の興味がありますが――」

ネファケスが、リーセリアに絡み付くような視線を向けた。

ゾッとしたように、両腕で肩を抱くリーセリア。

(死にたいようだな、あの男。俺の眷属に穢らわしい視線を向けるとは……！)

レオニスはリーセリアを庇うように立ち、ネファケスを睨む。

——だが。

「今はあなたたちと遊んでいる暇はありません。先を急ぐのでね」

「……なに？」

レオニスが眉をひそめた、その時——

虚空に浮かんだ光球が、真下に向けて閃光を放った。

轟音が響き、ホールの床に大穴が空く。

「〈機神〉シュベルトライテ、塵の始末は任せました。行くよ、〈熾天使〉」

ネファケスは哄笑を上げつつ、少女の姿をした天使と共に、下へ降下する。

「——待て！」

レオニスは〈封罪の魔杖〉を構え、呪文を唱えようとするが——

ヴンッ——

と、光球が一瞬で真下に移動し、射線上に立ち塞がった。

『——マスターの命を受諾、侵入者を排除する……——』

〈機神〉の周囲に光の文字が生まれ、高速で回転しはじめる。

（……っ、やはり、制御を奪われているのか）

レオニスは唸った。

おそらく、あの〈熾天使〉とかいう、天使のような姿をした〈人造精霊〉の力だろう。しかし、いかに人類の魔導技術が発達しているとはいえ、〈魔王〉の一柱を、そう簡単に乗っ取ることができるとは思えないが——

ホールのいたる場所に魔法陣が出現し、〈機骸兵〉が這い出てくる。

「レオ君……」

リーセリアが〈聖剣〉を構え、レオニスの横に並び立った。

レオニスの額を、冷たい汗が流れ落ちる。

相手は、レオニスと同格の〈魔王〉。

〈ダーインスレイヴ〉を使った、〈精霊王〉より格上の存在だ。

リーセリアを攫った者と戦う想定はしていたし、そのために、魔力は温存してきた。

しかし——

（……まさか、〈魔王〉クラスが現れるとはな）

呪文主体で戦うレオニスにとって、対魔術特性の高い〈機神〉は、相性が最悪だ。

そして、切り札の魔剣〈ダーインスレイヴ〉は、同じ〈魔王〉相手には使えない。いや、たとえ誓約がなかったとしても、今の魔力では、抜いた途端に意識を失うだろう。

(——〈聖剣〉もまだ封印状態か)

レオニスは、左手に視線を落とし、首を振る。

あるいは、この場にシャーリがいれば、一か八かで、ラクシャーサ・ナイトメアを解放し、暴れさせるという手もあったかもしれないが——

(……勝ち目は薄い、な)

現状で取り得る手は、撤退しかない。

〈不死者の魔王〉は、他の魔王連中のように、蛮勇を誇りはしない。

勝算の見えない戦いであれば、撤退の選択肢をとることもあり得る。

故に、レオニス・デス・マグナスは最強の魔王と呼ばれたのだ。

それに、リーセリアを巻き込むわけにはいかない。

「セリアさん——」

逃げてください、と声をかけようとした、その時だった。

『——〈アブソリュート・フィールド〉展開』

〈機神〉が、無機質な声を発した。

「……っ!?」

光球を中心に、闇の波動がほとばしり、ホール全体を覆い尽くす。

（――これは、〈女神の絶界〉！）

しまった、とレオニスは歯噛みする。

レオニスも以前、〈第〇六戦術都市〉で暴走した〈竜王〉相手に使ったことがある。

〈魔王〉同士の決闘のために生み出された、〈女神〉の固有魔術だ。

この結界の中にいる〈魔王〉は、勝敗が決まるか、互いが同意するまで、決して脱出することができない。

（――シュベルトライテ、俺を〈魔王〉と認めたか）

子供の見た目ではなく、レオニスの中にある魂を感知したのか。

せめて、リーセリアだけでも逃がしたかったが、〈魔王〉の眷属たる彼女は、〈魔王〉の力の一部とみなされるため、この結界から出ることができない。

……なかなかに絶望的な状況だが。

（こうなった以上は、やるしかあるまい……）

レオニスは〈封罪の魔杖〉を手に、前に進み出た。

「ブラッカス、奴を王国に引きずり込むぞ。構わんな」

「承知した。やむをえまい」

ブラッカスは頷いて――

「しかし、奴を追い込めるか？　機会はおそらく、一度だぞ」

「ああ、一時的にでも、隙を作らねばなるまいな……」

レオニスはブラッカスに飛び乗った。

「セリアさん、露払いを頼みます！」

「わかったわ！」

同時、リーセリアも〈誓約の魔血剣（ブラッディ・ソード）〉を手に駆け出した。

ヒュッ、と刃（やいば）を振ると、地面に血がほとばしり——

「偉大なる竜の血よ、我が剣となれ——〈ドラゴン・ブラッド〉！」

血の刃が、禍々（まがまが）しい真紅の光を放ち、竜の姿に変化した。

オオオオオオオオオオオッ——！

血の竜が咆哮（ほうこう）し、〈機骸兵（きがいへい）〉めがけて突進する。

（——〈竜王の血（ザ・ドラゴン・ブラッド）〉、まさか、もう使いこなしているのか!?）

ブラッド・ドラゴンと併走しつつ、レオニスは驚きに眼（め）を瞠（みは）る。

高位の〈吸血鬼〉は、様々な魔物の血を操ることができるが、ドラゴンの血を操ることが出来たのは、血竜公爵（ドラクウェル）と呼ばれた真祖だけだ。

しかも、〈竜王〉の血を操るなど、前代未聞だった。

リーセリアの資質だけではあるまい。

（よほど、ヴェイラに気に入られたようだな——）

「はああああああああああ！」

リーセリアが地を蹴って加速する。

〈真祖のドレス〉――〈暴虐の真紅〉のモードを纏い、斬り込んだ。

斬光が閃き、〈機骸兵〉の群れを次々と斬り伏せる。

吹き荒れる血刃の嵐を掻い潜り、レオニスとブラッカスも駆け抜ける。

漆黒のたてがみに必死にしがみ付きながら、レオニスは呪文を唱える。

〈魔王〉に並の魔術は通用しない。まして、高い対魔術特性を持つ〈機神〉だ。

第三階梯魔術では、かすり傷さえ与えられないだろう。

ブラッカスが、跳んだ。

回転する光球めがけ、レオニスは〈封罪の魔杖〉を振り下ろす。

「第八階梯魔術――〈極大消滅火球〉！」

ズオオオオオオオオオオンッ！

凄まじい爆風が、周囲の〈機骸兵〉もろとも、〈機神〉を呑み込んだ。

立ち上る紅蓮の火柱。

だが、そこに〈機神〉の姿はすでにない。

「マグナス殿、上だ！」

ブラッカスが吼えた。

ヴンッ——

と、レオニスの遥(はる)か頭上に、光球が転移する。

「ちっ——」

『抹消——〈滅神光槍(ラグヴァ・ライテ)〉』

ズオオオオオオオオオッ——！

凄(すさ)まじい破壊の光が、〈機骸兵(きがいへい)〉ごと、ホールを縦断するように薙(な)ぎ払う。

「……っ、ブラッカス！」

ブラッカスは間一髪、影の中に飛び込んだ。

すぐに影の中から飛び出して、壁を垂直に駆け抜ける。

本来、ホールの床が崩落してもおかしくない威力だが、〈女神の絶界〉によって守られているため、破壊されることはない。

「……レオ君！」

リーセリアが跳躍し、魔力の翼で飛翔した。

カッカカッ——と壁を蹴りつけ、宙に浮く〈機神〉の真上から急襲する。

ギャリリリリリリッ——！

振り下ろした〈聖剣〉の刃(やいば)が、〈機神〉の展開した障壁によって防がれた。

——が、リーセリアは構わず、魔力を放し続ける——！

「――〈竜王破砕撃〉！」

刃の尖端にブラッド・ドラゴンの頭部が顕現し、〈機神〉を呑み込んだ。

全長二メルトの光球を咥えたまま、一気に地面に叩き付ける。

ドオオオオオオオオンッ！

舞い上がる土煙――が、次の瞬間。

無数の閃光が炸裂した。

ブラッド・ドラゴンの頭部が撃ち抜かれて弾け飛ぶ。

しかしリーセリアは、すでに離脱している。

〈機神〉が、ふわりと浮き上がった。

周囲に無数の小型の光球を招来する。

まるで、エルフィーネの〈天眼の宝珠〉のようだ。

光球が眩く輝き、リーセリアめがけて一斉に光線を放った。

「……っ、セリアさん！」

レオニスが叫んだ。

リーセリアは身を翻し、すべての光線をギリギリで回避する。

（……なんだ？）

ブラッカスの背に乗り、壁を駆け下りながら、レオニスはわずかな違和感を覚える。

――なにかが、おかしい。
今の砲撃は、わざとリーセリアから狙いを外したように思えた。
〈機神〉は、彼女を〈マスター〉と呼んでいた――
もし、その認識がまだ上書きされていないのだとすれば。
(ネファケスは、〈機神〉を完璧に掌握しているわけではないのか?)
リーセリアへの攻撃を外しただけではない。
〈機神〉の攻撃は、仮にも〈魔王〉の名を冠する存在としては、驚くほど手緩い。
これなら、寝起きのヴェイラのほうがよほど凶暴だ。
――つまり、〈魔王〉としての本来の力は発揮できていない――?
付けいる隙があるとすれば、そこか――
「穿て、魔殲剣――ゾルグスター・メゼキスよ!」
レオニスはさっと手を振り上げ、虚空から七本の剣を呼び出した。
〈魔王殺しの武器〉の破片より鍛造した、模造品だ。
模造品とはいえ、〈魔王殺し〉の権能は組み込まれている。
レオニスが手を振り下ろす。
魔王殺しの刃が〈機神〉めがけて一斉に放たれ、周囲に展開した光球を破壊した。
更に――

「――砕けよ！」

ズオオオオオオオオオンンッ！

ゾルグスター・メゼキスの刃が、同時に爆発した。

あらかじめ込めていた、第八階梯の破壊魔術――〈極大消滅火球〉だ。

（本来は、シャダルクに使うための兵器だったんだがな――）

そこへ――

「はあああああああああっ！」

リーセリアが剣を振り上げた。

燃え盛る魔術の炎を吸収し、真紅の刃を中心に、ブラッド・ドラゴンが轟々と渦を巻く。

「焼き尽くせ、獄炎の血竜よ――〈血華炎竜王咆〉！」

リーセリアが、炎竜を纏う〈聖剣〉を振り下ろした。

ゴオオオオオオオッ――！

荒れ狂う灼熱の炎が、〈機神〉を呑み込む。

『……〈マスター〉の魂……承認……――否定……承認、否定――』

〈機神〉が、空中で静止した。

まるで混乱しているかのように、光球の周囲に、無数の文字が浮かんでは消える。

「――いまだ、奴を落とすぞ！」

レオニスは地面に降り立つと、〈封罪の魔杖(まじょう)〉を高々と掲げた。

――と、ホールに配置された影の点が、染みのように広がりはじめた。

レオニスは、ただ、縦横無尽に立ち回っていたわけではない。

〈影の王国(レルム・オヴ・シャドウ)〉を展開するための門を設置していたのだ。

「――いまここに、我が王国は開かれん」

ズ……ズズズ、ズズズズズズズ……

ホールに広がる影どうしが結合し、空間ごと、包み込むように収縮する。

〈機骸兵(きがいへい)〉の残骸が影に沈み――

――そして、動きを止めた〈機神〉を一気に呑(の)み込んだ。

◆

そこは、色のない、暗灰色の荒野だった。

この地を支配した〈影の女王〉が呪いをかけたため、この世界に色はない。

その、影の荒野を見下ろす丘の上に、レオニスは立っていた。

「レ、レオ君、ここは……？」

と、隣に座り込んだリーセリアが、不安そうにあたりを見回す。

「――ご心配なく。僕の呼び出した、〈影の王国〉です」

言って、レオニスは崖のほうへ歩いて行く。

見下ろした視線の先に、光球の姿があった。

〈機神〉を、〈女神の絶界〉ごと、レオニスの〈影の王国〉に引きずり込んだのだ。

「さあ、我が王国にて歓迎しよう、〈魔王〉――シュベルトライテ」

両手を広げ、レオニスは高らかに告げた。

――と、荒涼たる大地が盛り上がり、地面の下から無数の骨が這（は）い出してきた。

数十、数百、数千……――

青白く輝く魔法の武器を手にした、スケルトン・ウォーリアの軍勢だ。

――それだけではない。

〈スケルトン・ジェネラル〉、〈シャドウ・デーモン〉、〈ソウル・コレクター〉、〈エルダー・リッチ〉、〈デスクラウド〉、〈イヴィル・エレメンタル〉、〈ヘル・ロード〉、〈グレーター・シャドウ〉、そして、〈屍骸巨像（スカル・コロッサス）〉と〈屍骨竜（スカルドラゴン）〉――

強大な無数の不死者（アンデッド）の兵団が、大地の下より現れる。

（……くくく、どうだ〈機神〉よ。これが俺の切り札だ）

不死者を召喚するには、魔力を消耗する。

だが、〈不死者〉の軍勢の眠る、この〈影の王国〉に引きずりこんでしまえば、一切の魔力を消耗することなく、配下の兵団を呼び出すことができる。

とはいえ、〈魔王〉を〈影の王国（レルム・オヴ・シャドウ）〉引きずりこむのは、相応のリスクがある。

召喚した不死者（アンデッド）は、破壊されても再び召喚できるが、この〈王国〉の中で破壊された不死者は、魂が解き放たれ、ただの骨の残骸になってしまうのだ。

強大な〈魔王〉を相手にすれば、大損害を被（こうむ）りかねない。

だが、これだけが、魔力の枯渇した今の状態での、唯一の勝ち筋だった。

「――我が兵団、全戦力を以（もっ）て、貴様を倒そう」

次々と甦（よみがえ）った不死者の軍勢が、圧倒的な数で〈機神〉に迫る。

と――

静止していた〈機神〉が、ふわりと宙に飛び上がった。

『目標を――最大級の脅威と……認定――』

「……？」

光球の周囲で、無数の文字が回転をはじめる。

『マスター、ロゼリア・イシュタリスの名のもとに、封印を解除する――』

――告げると、同時。

虚空（こくう）に浮かんだ光球が、砕け散った。

「――なんだと!?」

光球の中から現れたのは――

〈マナ・ブレード〉を手にした、美しい、紺碧（こんぺき）の髪の戦姫（せんき）。

覚醒した八番目の〈魔王〉が――

鋼の翼を広げ、無機質な瞳で、丘の上に立つ〈不死者の魔王〉を冷たく見下ろした。

◆

「――ああ、そういうことだったのですね、我が〈女神〉――」

アラキール大図書館、最下層――封印領域。

ネファケス・レイザードは、漆黒のクリスタルを見上げ、歓喜に声を震わせた。

〈女神〉が封印し、〈機神〉に守らせていたモノ――

その正体に――ようやく気付いたのだ。

手にした〈女神〉の欠片(かけら)を恭しく捧げ、彼はクリスタルに頭(こうべ)を垂れた。

「ここにおわしたのですね、〈不死者の魔王〉――レオニス・デス・マグナスよ」

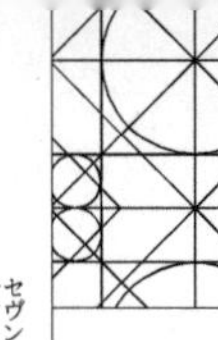

エピローグ

Demon's Sword Master of Excalibur School

第〇七戦術都市（セヴンス・アサルト・ガーデン）――〈セントラル・ガーデン〉。

聖剣学院の学生に人気のスイーツカフェ、ラ・パルフェは、今日も混んでいた。

「三番テーブルにモンブランと紅茶を、六番テーブルにコーヒーのおかわりを」

「かしこまりました、シャーリ様」

「ここでは、シャーリ先輩と呼びなさい」

「わかりました、シャーリ様……先輩」

無表情に頷（うなず）くメイド少女に、シャーリは嘆息する。

ラ・パルフェでは、同じ顔立ちの三人のメイド少女が働いていた。

レオニスから預かった、〈七星〉の暗殺者たちである。

六人もいるので、日替わりで三人ずつ交代でアルバイトに入っていた。暗殺者としては優秀な彼女たちだが、まずはこの時代に順応できるよう、訓練しなければならない。

「可愛（かわい）い娘が三人も入ってくれて、人手不足だったし、とっても助かるわ」

店のオーナーは喜んでいるようだが、この調子では、なかなか時間がかかりそうだ。

シャーリは紅茶を淹（い）れる手をとめ、窓の外に目を向けた。

（魔王様、ご無事でしょうか……）

最強の魔王を心配するなど、おこがましいかもしれないが、それでも不安だった。

（吸血鬼の眷属も、魔王様に苦労をかけていないといいのですが……）

と、そんな物思いに耽っていると、

「シャーリ様……先輩」

メイド少女が声をかけてきた。

「どうしました？」

「あちらのお客様が、この店のケーキをすべて持ってこいと」

「……はあ、わかりました。わたくしにお任せください」

シャーリは嘆息した。新人アルバイトを困らせようとする、たちの悪い客のようだ。

シャーリがテラス席のほうへ向かうと――

（……獣人族、ですか）

座っているのは、サングラスをかけた、体格のいい白虎族の男だった。

亜人種族が特区の外に、まして〈セントラル・ガーデン〉に出てくるのは珍しい。

テーブルの上には、ケーキの皿がすでに数枚重なっていた。

「――お客様、申し訳ありませんが」

と、シャーリは丁寧な物腰で声をかける。

白虎族の男が顔を上げた。

「よお、あんたか。獣人族を集めてる、魔王〈ゾール・ヴァディス〉の右腕ってのは」

「――え？」

シャーリは思わず、固まった。

「……気に入らねえな。よりによって、〈魔王〉の名を騙るとは」

白虎族の男が、サングラスを外し、シャーリを睨んだ。

「……っ!?」

瞬間。凄まじい威圧感に、シャーリは転んで尻餅をつく。

見下ろしてくるその顔に、彼女は見覚えがあった。

「じゅ、じゅ、じゅ、〈獣王〉様～～～～～～!?」

シャーリの悲鳴が、テラスに響きわたった。

あとがき

志瑞祐（しみずゆう）です。『聖剣学院の魔剣使い』10巻をお届けします。

〈影の女王〉の陰謀を踏み潰し、甦（よみがえ）った〈精霊王〉を滅ぼしたレオニスは、虚無世界の謎を解明すべく、ログナス王国の遺跡へ向かう。そこで彼の目にしたものとは――？

と、いうわけで、シリーズもとうとう二桁台に乗りました。

新たな〈魔王〉たちもス○ブラのごとく参戦し、大乱闘もどんどん盛り上がっていくので、今後ともどうぞよろしくお願いいたします！


謝辞です。今回も素晴らしいイラストを描いてくださった、遠坂（とおさか）あさぎ先生。本当にありがとうございました。口絵のイラストは、〈聖灯祭〉でステージデビューした、第十八小隊メンバー。ラフを頂いた時は、あまりの素敵さに小躍りしてしまいました。終盤に現れた、あの〈魔王〉のデザインも最高です！

『せまつか』のコミカライズをしてくださっている、蛍幻飛鳥（けいげんあすか）先生。毎月ネームを受け取るのが待ち遠しく、楽しみにしています。3巻の〈第〇三戦術都市（サード・アサルト・ガーデン）〉エピソードを、スタイリッシュかつ面白く、とても可愛（かわい）く（そしてときにエッチに）描いてくださって、本当にありがとうございます！

コミックスの第5巻は同月発売なので、よかったら一緒にゲットしてくださいね！

担当編集様、校正様、デザイナー様、いつもありがとうございます。

そして、本を買ってくださった読者の皆様には、最大の感謝を！

アニメの企画も順調に進行しておりまして、僕も制作の会議などに参加させて頂いているのですが、スタッフの皆様の熱量に圧倒されています。今の時点でもう、最高の作品になると確信しているので、どうぞお楽しみに！

——それでは、次の11巻で、またお会いしましょう。

なにげに苦労人のアルーレさんの明日（あした）はどっちだ!?

二〇二二年　五月　志瑞祐

TVアニメ化

Demon's Sword Master of Excalibur School

企画進行中！

TV Animation Project Now in Progress

コミック最新第5巻
2022年6月24日発売！

ファンレター、作品のご感想をお待ちしています

あて先

〒102-0071　東京都千代田区富士見2-13-12
株式会社KADOKAWA　MF文庫J編集部気付
「志瑞祐先生」係　「遠坂あさぎ先生」係

MF文庫J

聖剣学院の魔剣使い10

2022 年 6 月 25 日　初版発行
2023 年 9 月 10 日　3 版発行

著者　志瑞祐

発行者　山下直久

発行　株式会社 KADOKAWA
〒 102-8177 東京都千代田区富士見 2-13-3
0570-002-301（ナビダイヤル）

印刷　株式会社 KADOKAWA

製本　株式会社 KADOKAWA

Printed in Japan　ISBN 978-4-04-681472-2 C0193

◆◇◇